Os Bosques

EDITORA EME

Solicite nosso catálogo completo, com mais de 500 títulos, onde você encontra as melhores opções do bom livro espírita: literatura infantojuvenil, contos, obras biográficas e de autoajuda, mensagens espirituais, romances palpitantes, estudos doutrinários, obras básicas de Allan Kardec, e mais os esclarecedores cursos e estudos para aplicação no centro espírita - iniciação, mediunidade, reuniões mediúnicas, oratória, desobsessão, fluidos e passes.

E caso não encontre os nossos livros na livraria de sua preferência, solicite o endereço de nosso distribuidor mais próximo de você.

Edição e distribuição

EDITORA EME

Caixa Postal 1820 - CEP 13360-000 - Capivari - SP
Telefones: (19) 3491-7000 | 3491-5449
Vivo (19) 99983-2575 | Claro (19) 99317-2800
vendas@editoraeme.com.br - www.editoraeme.com.br

Guaraci de Lima Silveira

Os Bosques

Pelo espírito Joanna Tell

Capivari-SP
- 2015 -

Os direitos autorais desta obra foram cedidos pelo autor para a Editora EME, o que propicia a venda dos livros com preços mais acessíveis e a manutenção de campanhas com preços especiais a Clubes do Livro de todo o Brasil.

A Editora EME mantém, ainda, o Centro Espírita "Mensagem de Esperança", colabora na manutenção da Comunidade Psicossomática Nova Consciência (clínica masculina para tratamento da dependência química), e patrocina, junto com outras empresas, a Central de Educação e Atendimento da Criança (Casa da Criança), em Capivari-SP.

2ª reimpressão - abril/2015 - Do 2.501 ao 3.000 exemplares

CAPA | Rafael Gatti
DIAGRAMAÇÃO | Marco Melo
REVISÃO | Cristina Florez

Ficha catalográfica elaborada na editora

Tell, Joanna (espírito)
Os bosques / pelo espírito Joanna Tell, [psicografado por] Guaraci de Lima Silveira - 2ª reimp. abr. 2015 - Capivari, SP : Editora EME.
256 p.

1ª ed. out. 2014
ISBN 978-85-66805-44-4

1. Romance. 2. Ficção espiritualista 3. Adolescência. 4. Noções de reencarnação.
I. TÍTULO.

CDD 133.9

SUMÁRIO

De onde vem a mudança que se opera no caráter
numa certa idade, e particularmente no final
da adolescência?
É o espírito que se modifica?

– É o espírito que retoma sua natureza
e se mostra tal qual era...

Questão 385 de *O Livro dos Espíritos*

Ao Philippe, meu filho, que, em breve,
caminhará pelas estradas adolescentes.

INTRODUÇÃO

Vivi muitos anos cercado por adolescentes. Com eles realizamos um trabalho de teatro educativo, que nos proporcionou vivências de inenarrável valor nos campos da parceria e da dedicação. Foram muitas as experiências, todas elas da maior importância para nossos corações. A esses jovens dedico minha gratidão pelo muito que me ensinaram, particularmente no que tange à arte do comprometimento. Sempre estivemos juntos sob a orientação da espiritualidade. Os mentores amigos conduziam nossos ensaios, apresentações, concepção de novos textos, enfim, tudo aquilo que costuma envolver um grupo de trabalho com propostas bem definidas. Certo dia, nosso mentor Kandy e a querida mentora Rethnan propuseram que desenvolvêssemos um trabalho diretamente ligado aos adolescentes, não só àqueles que trabalhavam conosco, mas aos jovens de modo geral. A ideia era que pudéssemos falar com clareza e poesia acerca das descobertas incríveis, que caracterizam esse período tão particular de nossas encarnações.

Tudo aconteceu muito rapidamente, em apenas três dias de comunhão de pensamentos, canetas e muitos papéis. Pensávamos juntos e elaborávamos ideias, a partir de nossos pensamentos. Empreendemos uma magnífica viagem ao universo adolescente. Ao final da jornada, perguntamo-nos, a nós mesmos, se não seríamos todos adolescentes, a despeito da idade, com nossos anseios, dúvidas e certezas.

Dois filhos trabalhavam conosco, Fábio e Aline, ambos chegando ao final da adolescência. Fábio, poeta, muito contribuiu para a formatação da presente obra. Aline, musicista e educadora, profundamente familiarizada com nossas metas, prestou-nos valioso auxílio com suas observações. Numa de suas falas, ela evocou o grande poeta Vinícius de Morais, quando diz que "amar é a vontade de estar perto se longe... e mais perto, se perto...". E ela prosseguiu com seus apontamentos dizendo: "A adolescência é, de fato, uma fase de profundas transformações. É a fase do desejo, do *eu te amo*, do voo desesperado e incontido, do coração batendo acelerado, da face rosada, do sonho e do futuro incerto. É a fase da angústia, da solidão e do desconforto de sentir-se incompreendido". Mais adiante, Aline complementou, dizendo: "O mundo está extremamente carente de pessoas que confiem nos jovens, nos adolescentes. É essencial que se compreenda que os indivíduos que transitam por essa importante fase da vida necessitam perceber-se como membros indispensáveis à sociedade, à escola, às instituições religiosas, à arte cristianizada e ao lar em que vivem. Os adolescentes precisam de quem lhes indique um caminho, de quem lhes aponte diretrizes para um pouso firme e tranquilo. Em nossa mentora Rethnan, poeta hindu, sempre graciosa, reconhecemos a leveza feminina, a linha vertical do ângulo reto, a indicar o caminho dos céus. No mentor Kandy encontramos o equilíbrio justo e perfeito, a linha horizontal do ângulo reto, a proteção masculina, que ampara e protege do perigo. Quanta união! Quanta afinidade em prol da composição de uma obra de arte! Acredito que festas e mais festas devem ter acontecido na espiritualidade superior ao término de mais este trabalho".

Foi necessário aguardar que os anos transcorressem, para que Joanna Tell construísse a história, o enredo deste passeio incrível por *Os bosques*. Ao unirmos a narração de Joanna aos poemas de Rethnan, conferimos sentido, vigor e beleza à obra. Mateus e Sara, personagens desta narrativa, representam bem os adolescentes que buscam construir seus destinos de maneira edificante, que se comprometem com descobertas sãs, que sabem aquietar suas revoluções internas e direcionar suas forças, impulsionando-as de maneira a chegar ao conhecimento do que é, de fato, a vida na adolescência, esse período tão especial de nossas encarnações, com suas coisas e causas, propostas e avanços.

Pudemos perceber que cada geração teve seu trabalho a desempenhar na construção da história. As gerações se sucedem e o progresso se faz. Cada qual é responsável por uma cota. Cada mão, cada batida de coração, cada fio de pensamento é importante nesse constructo. Ao deixar a infância, o espírito reencarnado necessita adequar-se e conhecer seu lugar na grande sinfonia da evolução do mundo e de si próprio.

O presente livro é um passeio pelo mundo interno de cada um dos seres humanos na fase áurea e primorosa da vida, que é a adolescência. Nela, os pares se buscam com mais intensidade e os olhares dizem o que os lábios muitas vezes silenciam. É o tempo em que os esportes se aliam às almas, promovendo o conhecimento da arte de competir para aprender e nunca para sobrepujar. A magia do esporte está na alternância das vitórias e derrotas, que leva ao crescimento. Como é bonito ver adolescentes trocando cumprimentos ao final de torneios, sobretudo quando são capazes de reconhecer o valor e a entrega do time adversário nas variadas competições.

Acredito sinceramente que nunca deixamos de ser adolescentes. Somos espíritos ainda jovens, vivendo numa casa paterna repleta de oportunidades. É tão breve a distância que separa o idoso do jovem, que quanto mais próximos estivermos da desencarnação, mais próximos estaremos, igualmente, de nossa futura adolescência. Isso é magia divina!

Os bosques é a obra que apresento em meu nome e em nome de Kandy e Rethnan. Que ela possa contribuir para que nossos adolescentes cresçam na paz de Jesus, a caminho de Deus, Pai absoluto de todos nós.

Muita paz!
Guaraci de Lima Silveira

1. MATEUS

AQUELE NÃO FOI UM bom dia para Mateus. Foi um momento de despedidas. Naquele bairro e naquela cidade ele tinha vivido desde que nascera, dezesseis anos antes. Ali, havia passado sua infância, junto aos pais, e o início da adolescência, ao lado das primeiras namoradas. Agora, contudo, devia partir. Uma nova fase se iniciava para o senhor Anselmo, seu pai, que tinha sido convidado para dirigir importante projeto numa nova cidade, do outro lado do país.

Mateus era filho único e havia sido muito bem acolhido por todos, desde seu nascimento. Os avós eram falecidos e a família pequena. Tinha um único tio, por parte da mãe, dona Cristina. Por outro lado, sempre vivera em plena harmonia com os vizinhos e colegas de escola. O tempo da faculdade não tardaria a chegar e era preciso que ele se preparasse para aquela nova fase da vida.

A cidade para onde se transferia com a família era bem menor do que aquela onde nascera e não oferecia muitas opções. De qualquer modo, era possível que encontrasse a faculdade ideal lá, em Crescência, visto que ainda não havia optado pela carreira a seguir. Seus pais já haviam visitado a cidade e alugado a casa, onde iriam morar. Nada mais restava a Mateus, portanto, senão esperar que o carro rodasse ligeiro pelas longas estradas que deveriam percorrer, rumo ao novo lar.

Ao passar diante da escola onde havia estudado desde pequeno, Mateus fez um tremendo esforço para não chorar. Engoliu as lágrimas e limitou-se a olhar o prédio do colégio de relance. Não quis despedir-se dos colegas e muito menos de Mariana, a garota que lhe havia entregado um lencinho bordado pela avó, como último alento do romance que mal tinham começado a viver. No tecido delicado estavam gravadas as iniciais e os nomes de ambos: MM – Mariana e Mateus. A avó da menina vivia como se jamais tivesse saído da adolescência, vibrando intensamente com as paixões dos netos, que transitavam por aquela encantadora fase da vida. Há pessoas que são assim mesmo: nunca envelhecem.

Mateus guardou o lencinho e não voltou a apanhá-lo para enxugar a lágrima furtiva que lhe escorreu pela face no momento em que o carro dobrou a última esquina da última rua, deixando para trás o bairro querido de seus dezesseis anos e de suas primeiras histórias de vida.

Não tinha planos. Afinal, não conhecia Crescência. Ouvira dizer que era uma cidade bonita, com muitas árvores e belos bosques, que convidavam a longos passeios. Diziam, também, que lá havia uma gruta famosa. Rezava a lenda que naquele lugar, uma velha, a santa da cidade, fazia milagres.

– Que milagre eu haveria de querer para mim? – Mateus perguntou a si mesmo.

De fato, nosso viajante não estava interessado em milagres. Tudo que queria era chegar à nova cidade, adaptar-se a ela e esquecer o que tinha ficado para trás. Afinal, não era mais criança e fazer pirraças não lhe haveria de cair bem.

Então, ao cabo de dois dias de viagem exaustiva, com paradas para refeições e repouso, Mateus e a família chegaram, finalmente, à Crescência. Um céu límpido e um sol radiante deram-lhes as boas-vindas.

Não se podia negar que aquela era uma linda cidade. Tinha ruas largas e arborizadas, trânsito tranquilo e motoristas tão bem-educados, que chegavam a parar o carro, para dar passagem aos pedestres.

Os moradores locais respeitavam as faixas de segurança e suaves melodias faziam-se ouvir a cada troca de faróis dos semáforos, que obedeciam às cores convencionais.

Outra circunstância interessante que chamou a atenção de Mateus foi que, em Crescência, os idosos jamais caminhavam sós, como é comum acontecer nas grandes cidades. Ali, eles faziam-se conduzir, invariavelmente, por guardas especiais, trajados em uniforme azul e branco. As crianças recebiam igualmente atenção especial, sendo sempre encaminhadas por gentis senhoritas, vestidas em dourado, que delas se ocupavam. Quanto aos pais dos pequenos, podiam contar com a ajuda de cavalheiros aposentados, reintegrados ao mercado de trabalho, toda vez que careciam de algum tipo de informação ou esclarecimento. Em outras palavras, todos naquela cidade, sem exceção, eram considerados cidadãos úteis à comunidade.

Os olhos curiosos do rapaz recém-chegado contemplavam agora os canteiros floridos, que separavam as pistas, por onde trafegavam automóveis. Notou que caminhões não trafegavam por ali, pois havia vias que tinham sido especialmente projetadas para eles. O transporte urbano de passageiros ficava por conta de trens absolutamente silenciosos, que não emitiam uma única gota de gás carbônico, nem de qualquer outro tipo de poluente.

Quanto ao comércio da cidade, concentrava-se em shopping centers, que competiam entre si pela originalidade e beleza de suas construções. Havia centros de compras para todo tipo de consumidor e ninguém em Crescência comprava mais que o necessário.

Mateus, sempre muito atento, captou tudo isso rapidamente, enquanto seus pais forneciam-lhe informações adicionais acerca da nova cidade. O senhor Anselmo e dona Cristina estavam igualmente encantados com o lugar. Ao passarem por uma bonita praça, ouviram um grupo de músicos, que compunha brilhante fanfarra e entoava canções típicas do lugar. Todos os instrumentos, sem exceção, eram tocados por meninas lindíssimas. Mateus as observava, como se tentasse decidir qual delas fazia mais o seu gênero.

- Será que essas garotas estudam no Colégio Gouveia Brito ou no Castro Albuquerque? - ele indagava de si para si.

Longe de demonstrar a apatia inicial e sentindo-se repleto de interesse, nosso rapaz quase se arriscou a pedir ao pais que estacionassem o veículo, a fim de que pudessem melhor apreciar aquela festa de rara beleza. Todavia, refreou aquele desejo e permaneceu calado, deixando que o senhor Anselmo continuasse a conduzir o carro pela bonita alameda de flores e muito verde.

Não muito distante dali, em outra praça, um grupo de artistas circenses, que encantava alegres crianças com mil peripécias, chamou a atenção de Mateus.

- Hoje é domingo? - o garoto perguntou a si mesmo. - Não, hoje é quinta-feira! Bem, talvez seja feriado local, dia santo ou aniversário da cidade - ele cogitou em silêncio.

Não tardou para que percebesse que aquele era um dia normal em Crescência, uma vez que quando passaram diante de um shopping center, que comercializava livros e artigos de papelaria, nosso menino constatou que o lugar estava repleto de pessoas, que examinavam e analisavam produtos, com o propósito de adquirir o que melhor lhes parecesse.

- Hoje é um dia normal! - Mateus disse de si para si. - Qual será, então, o motivo da fanfarra e dos artistas circenses entretendo crianças em plena manhã de um dia de trabalho? - ele questionou, intrigado.

As surpresas estavam apenas começando para nosso jovem amigo, pois não tardou para que ele avistasse grupos de rapazes e moças, que passeavam alegres e descontraídos pelas ruas, cumprimentando a todos que encontravam com simpatia e amizade, enquanto distribuíam às pessoas doces das mais variadas cores: amarelos, verdes, vermelhos...

Assim que Mateus estendeu a mão, uma jovem bonita e gentil

entregou-lhe singular guloseima, cujo delicioso sabor era absolutamente novo ao paladar do rapaz.

- Deus meu, aonde viemos parar? Pai! Mãe! Como nós iremos nos adaptar a esse tipo de vida? - o menino perguntou, eufórico, sem poder mais conter-se.

A verdade é que tudo haveria de ser diferente para o jovem membro da família Campos Villa na nova cidade. A primeira visão que teve do lugar onde iria morar causou-lhe tal assombro, que permanecia ainda abismado, quando ele e os pais, finalmente, instalaram-se no novo lar. Não era uma casa comum que iriam habitar, mas uma mansão, construída sobre um dos jardins suspensos de Crescência. Ali, os platôs eram adornados de flores e frutos dos mais variados matizes. A nova residência era extraordinariamente confortável e o quarto de Mateus ficava numa extremidade da grande construção, que possibilitava ter uma vista privilegiada das belezas naturais das redondezas. Lá, bem ao longe, encontravam-se os muitos bosques da cidade, todos eles um verdadeiro convite à meditação, a passeios fantásticos ou, simplesmente, a devaneios.

Passadas algumas horas da acomodação da recém-chegada família à nova residência, Mateus fazia uma refeição leve, quando seus ouvidos atentos detectaram sons da fanfarra, que ouvira no caminho até a casa. O alarido contagiante dos artistas circenses podia também ser ouvido. Mais surpreso que curioso, nosso rapaz correu até a sacada de seu quarto. Lá embaixo, avistou rapazes e moças, que montavam pequena feira de artigos gratuitos, auxiliados por moradores daquelas redondezas. Foi então que o garoto viu um senhor idoso, de aparência venerável e serena, que passava uma enorme chave às mãos de seus pais:

- Sejam bem-vindos a Crescência - saudou o ancião. - Eis a chave simbólica de nossa cidade, que entregamos a vocês com imensa satisfação.

Naquele momento, a fanfarra entoou uma melodia desconhecida, em homenagem a Mateus e à sua família. Tão sublime era a composição, que não conseguindo mais conter-se, o rapaz chorou. Toda aquela festa havia sido preparada especialmente para receber os Campos Villa. Assim que o último acorde da música soou, uma menina de aproximadamente doze anos ergueu os olhos para a sacada:

- Desça, Mateus! - ela convidou. - Venha nos conhecer!

Nosso caro adolescente não correu escada abaixo feito maluco, conforme costumava fazer. Caminhou sem pressa, buscando sorver cada som da fanfarra e do riso das pessoas, que o aguardavam no pátio frontal da nova casa. Assim que chegou lá embaixo, duas fadas destacaram-se do grupo de músicos para recebê-lo. Traziam na mão um pergaminho, que entregaram ao menino. Nele estava escrito:

"Somos seus novos vizinhos, agora, Mateus.
Em Crescência, somos todos vizinhos".

O prefeito da cidade aproximou-se dos três jovens e abraçou-os carinhosamente. Um criado, em traje de mordomo, caminhou até onde estava o pequeno grupo, trazendo quatro taças repletas de suco de amoras sobre uma bandeja. Depois de entregar três delas a Mateus e seus pais, o prefeito apanhou uma para si próprio e falou em tom solene, mas humilde:

- Este é o principal produto de Crescência: amoras! Aqueles que cultivam essas frutas enriquecem e quem enriquece, naturalmente, doa. Portanto, ofertamos a vocês o que temos de melhor: nossa acolhida, nossa alegria, nossa arte, nossa gente, nossa cidade e nossos corações. Sejam felizes aqui!

Comovidos, o senhor Anselmo e dona Cristina choraram. Igualmente emocionado, nosso rapaz apanhou o lencinho que trazia consigo, para secar algumas lágrimas que teimavam em brotar-lhe dos olhos. Foi quando um vento muito forte soprou, arrancando-lhe das mãos o delicado tecido bordado. Aquele objeto especial buscava, decerto, o aconchego dos bosques de Crescência. No mesmo instante, uma das fadas retirou um novo lenço da manga da túnica que trajava e o entregou ao amigo recém-chegado. Nele estavam bordadas as letras MS. O jovem concluiu que aquela devia ser a abreviatura de seu nome. Era possível que naquele lugar, onde tudo era belo e diferente, o nome Mateus fosse simplificado, mantendo apenas a primeira e a última letras. A fada sorriu, como se pudesse ler os pensamentos do rapaz.

- Quantos anos deve ter esta menina? - ele pensou, tentando adivinhar a resposta.

- Tenho a mesma idade que você - a jovenzinha respondeu.

- Por acaso vocês também leem pensamentos por aqui? - o garoto indagou, surpreso.

- De modo algum. Mas é que você pensa alto demais - foi a intrigante resposta da adolescente.

A recepção de boas-vindas chegou ao final, deixando a família Campos Villa profundamente agradecida e sensibilizada.

- Seremos obrigados a fazer um curso para aprendermos a viver nesta cidade - Mateus observou, assim que ficou a sós com os pais, no interior da casa.

- Nada disso, meu filho - respondeu o senhor Anselmo. - Sua mãe e eu recebemos um Manual do Cidadão de Crescência, logo na primeira vez em que estivemos aqui.

- Como assim, pai? - o menino quis saber.

- A diferença entre esta cidade e as outras que conhecemos é muito simples.

- Simples?!

- Sim, meu querido - a mãe interveio. - A diferença é que aqui se pratica a cidadania, porque todos são cidadãos de verdade. Só isso.

Aquele diálogo com os pais deixou Mateus pensativo. Todavia, se aquele era um tempo para refletir, era também tempo de agir e já estava mais do que em tempo de ele decidir em qual dos colégios de Crescência gostaria de estudar.

Assim pensando, nosso rapaz foi visitar as duas escolas. O que encontrou, para sua surpresa, foram sonhos primaveris em formato de educandários. As salas eram limpíssimas e as carteiras pareciam recém-saídas de fábrica. Os quadros negros mostravam-se impecáveis. Todas as salas de aula eram equipadas com aparelhos de data show. Em áreas contíguas, encontravam-se espaços destinados a trabalhos em grupo, igualmente munidos de aparelhos de TV em 3D e blu-ray. Podia-se encontrar aí, também, sofisticados equipamentos de som e modernos computadores, já adaptados para o futuro das transcomunicações com os planos celestiais do planeta. O chão, de suave brancura, parecia aconchegar os pés de quem sobre ele caminhava. Não se podia pisar aquele assoalho com sapatos, tênis ou sandálias. À entrada principal do colégio, os alunos podiam encontrar elegantes pantufas, para serem usadas na área interna da escola.

Mateus não teve a oportunidade de encontrar professores e professoras, pois, naquele momento, todos eles ministravam aulas na mais perfeita harmonia com os estudantes.

Depois de visitar os dois colégios da cidade, nosso rapaz concluiu que não havia diferença física entre ambos. Tudo naquelas escolas, o refeitório, o pátio, os parques, a biblioteca, era de uma beleza e simplicidade que encantavam. Talvez a diferença residisse nas pessoas, ele pensou.

- E agora? Gouveia Brito ou Castro Albuquerque? - o garoto murmurou, com dificuldade para fazer uma escolha final.

- E quem foram Gouveia Brito e Castro Albuquerque? - a mãe colocou à prova os conhecimentos do menino.

- Os fundadores da cidade - Mateus arriscou.

- Não exatamente - o pai interveio, ao ouvir o diálogo entre a esposa e o filho. - O primeiro foi, de fato, o fundador de Crescência, mas o segundo foi seu remodelador.

- Isso mesmo. Não basta criar. É preciso conservar e atualizar - dona Cristina comentou.

-Neste caso, mãe, muito justas as homenagens.

Haviam-se passado cinco meses desde a chegada dos Campos Villa a Crescência. O senhor Anselmo e dona Cristina já estavam bastante adaptados à cidade, da qual desfrutavam todas as benesses e maravilhas. Naquele domingo, haviam decidido sair para conhecer o Bosque das Placas. Sim, haviam inscrições rupestres em placas incrustadas em algumas das reentrâncias do bosque, o que dava provas de que aquela cidade havia sido habitada por seres humanos desde os tempos mais remotos. Crescência, portanto, já embalara bebês de muitas gerações e prosseguia ofertando leite e mel àqueles que o desejassem.

Enquanto o senhor e a senhora Campos Villa seguiam para o Bosque das Placas, Mateus ia para o Bosque da Imperatriz, em companhia de colegas do Colégio Castro Albuquerque. Nosso jovem amigo fora informado de que havia naquele lugar uma fonte milagrosa, que jorrava um tipo de água cristalina, que era leve como as nuvens do céu e de um azul tão profundo quanto o do lago das perdizes.

Naquele domingo, a fanfarra do Gouveia Brito faria uma apresentação, enquanto os artistas da escola de Mateus complementariam a festa adolescente. Quando de sua chegada à Crescência, o rapaz recebera as boas-vindas da parte de representantes das duas escolas e achava curioso que ainda não pudesse definir, com clareza, o motivo que o levara a optar pelo Castro Albuquerque, que era justamente a escola que ficava mais distante de sua casa.

Em meio ao esplendor da alegria infantil e adolescente daquela tarde, contudo, Mateus preferiu recolher-se a um banco, à sombra convidativa de imponente carvalho. Pensou em Mariana. Como estaria sua quase princesa, ele perguntava a si mesmo. Em seus devaneios, imaginou a garota dançando como a fada da fanfarra e extraindo de uma das mangas da túnica que vestia um segredo... O rapaz imaginou que tentava apanhar o segredo que, todavia, escapava-lhe das mãos, desaparecendo repentinamente. Que segredo seria aquele? Uma nova paixão? Uma lembrança? Uma saudade? Nosso amigo mergulhou até o fundo de sua memória e de lá resgatou a caixinha que trazia o nome Mariana. Abrindo-a, ele pôde ver a menina graciosa, de cabelos negros, pele de índia e olhos castanhos, que adorava cantar, sobretudo as canções de seus quinze anos. Mateus fechou os olhos e rememorou a última estrofe da mais recente composição da garota:

Fica, pois, menino lindo.
Não te percas no caminho,
que nem sabes onde vai dar.
Fica aqui, menino lindo.
Já sou grande e sei te amar.

Nosso rapaz podia mesmo ouvir o som do violão, dedilhado magicamente pelos dedos morenos da sua quase princesa, que havia ficado. O coração apertou e ele quis chorar sua honesta saudade. Forçou uma lágrima, um suspiro, um sussurro, mas o pranto não veio. O tempo de Mateus agora era outro...

Inesperadamente, dois malabaristas surgiram diante do rapaz, lançando bolas para o alto, que foram pousar entre suas mãos surpresas. Crianças fantasiadas, que também se aproximaram, faziam estrelas no chão. Duas jovens risonhas vieram, então, carregando amplas bandeiras, a fim de anunciar a chegada da mais linda princesa daquele cantão. Todos sorriam, alegres. Bailarinos, em trajes de arminho, encheram de leveza o recanto, com suas danças.

Dois corneteiros entoaram um hino certeiro. Vieram guardas e anciãos. O prefeito, de pasta na mão, pediu silêncio. Ajoelhando-se no chão, o homem fez-se mestre de cerimônias, anunciando uma nova canção.

Tão subitamente quanto haviam chegado, todos dali se foram, deixando Mateus a sós. Foi então que, caminhando sem pressa, um anjo dourado, trajado de verde, surgiu. Nosso rapaz fixava aquela visão, incapaz sequer de piscar. Tinha diante de si alguém que jamais tinha visto.

- Muito prazer, Mateus. Sou Sara - a recém-chegada apresentou-se.

2. SARA

A MENINA APROXIMOU-SE DE Mateus, estendendo-lhe docemente as mãos. Confuso, o rapaz buscava adivinhar o que ela esperava que ele fizesse: deveria simplesmente levantar-se ou, quem sabe, havia determinado cumprimento cordial perfeito para aquela circunstância, um afago ou algum tipo de aproximação mais íntima... Nosso rapaz hesitou, de início. Todavia, depressa lhe acorreram à lembrança as instruções do Manual do Cidadão de Crescência, que recomendava que toda vez que uma menina, moça ou senhora estendesse as mãos a um indivíduo do sexo masculino, de qualquer faixa etária, este deveria tomá-las gentilmente e beijá-las, num gesto de reverente respeito. Assim sendo, deixando-se guiar por seus impulsos masculinos, Mateus levantou-se e tomou nas suas as mãos da jovem. Em seguida, depositou nelas um beijo tímido e suave. Sara dirigiu-lhe prontamente um discreto sorriso de contentamento, como a demonstrar gratidão por aquele gesto de cavalheiresca gentileza. Um tanto embaraçado, nosso rapaz perguntava a si mesmo o que fazer agora que as formalidades haviam sido cumpridas.

– Vem comigo – disse-lhe Sara, como se lhe tivesse ouvido a pergunta silenciosa.

De mãos dadas, os dois adolescentes seguiram pelo bosque. Não corriam, caminhavam. As outras pessoas comportavam-se como se não os vissem e lhes davam passagem. A jovem conduzia Mateus por um caminho que só ela conhecia. Depressa chegaram a um local, onde as águas, leves e azuis, formavam uma pequena queda. À margem do singelo curso d'água via-se um banco rústico de pedra, que a natureza e o tempo se haviam encarregado de polir. Ali os jovens se assentaram. O garoto fixava a menina, encantado.

- Fale-me de você - ele pediu, quebrando o silêncio.

- Estudo no Colégio Gouvêa Brito desde que nasci - Sara respondeu. - Completei quatorze anos há dois dias. Vi você no dia em que chegou a Crescência. Não faço parte da fanfarra, mas estava entre o grupo de pessoas que distribuíam doces. Foi de minhas mãos que você recebeu a guloseima, lembra-se? Eu mesma fiz aquele doce. Meus antepassados eram doceiros e acho que herdei deles o gosto por fazer coisas com açúcar.

- Estou pasmo em saber que foi você mesma quem fez aquela gostosura!

- Obrigada.

- Como se chama aquele doce?

- Pedaços dos Bosques de Crescência!

- É um nome estranho.

- Por que é estranho? - a menina indagou, intrigada.

- Colocar nome de bosque e cidade numa guloseima - Mateus esclareceu.

- É que você ainda não conhece nossos bosques - Sara respondeu com um sorriso enigmático.

- O que têm eles de tão especial?

- São mágicos e inimagináveis!

Assim que terminou de pronunciar aquelas últimas palavras, a menina de cabelos dourados fechou seus lindos olhos verdes, suspirou profundamente e perdeu-se em devaneios, como costumam fazer os enamorados. Nosso rapaz, atento, esperava que ela retomasse a palavra. A jovenzinha, contudo, parecia não ter pressa, uma vez que levou um tempo considerável para retornar do país dos sonhos. É que Sara deixava-se conduzir pela carruagem da própria imaginação ao passear pelos bosques de Crescência e jamais retornava antes de fazer a volta completa pelos incríveis recantos daqueles locais de magia. Enquanto a garota prosseguia em sua viagem mental, Mateus levantou-se e caminhou até o riacho. Com as mãos em concha, apanhou um gole de água e bebeu.

- Meu Deus, que delícia! - ele exclamou, surpreso.

É que a água daquele riacho parecia ter um cheiro e um sabor, que nossos pobres sentidos limitados não conseguem identificar. Olhando para trás, o jovem viu que Sara tornara a abrir olhos e agora sorria, diante de sua atitude de espanto.

- Por que você está rindo? Eu só tomei um pouco de água! - ele protestou.

- Se ficou assim só por tomar um pouco de água, imagine como se sentiria se pudesse viajar, como eu viajo, em minha carruagem, por estes bosques! - a menina dos cabelos dourados falou.

- Carruagem? Você tem uma carruagem? Não sabia que em Crescência existem carruagens. Elas são tão antigas!

- Ora, Mateus, as carruagens são atemporais e podemos construí-las a todo o momento.

Mateus estava começando a pensar que aquela menina sofria das faculdades mentais. Veja bem: havia surgido do nada, do meio de todas as pessoas. Além disso, estava claro que seus pais não se importavam com sua ausência. Fazia mais de uma hora que estavam juntos e nem uma vez a menina recebera um daqueles chamados típicos das mães preocupadas:

"Sara... Sara... Onde você está?".

Quanto a ele, não havia problemas: era homem e dois anos mais velho que a garota, Mateus pensou com seus botões. Natural, portanto, que seus pais houvessem respeitado sua decisão de ir a outro bosque que não o que eles haviam escolhido visitar naquele dia. Mas aquela menina tinha apenas quatorze anos! Como podia gozar de tamanha liberdade, sendo tão jovem?

Perguntas e mais perguntas surgiam na cabeça de Mateus. Repentinamente, então, Sara afastou-se, correndo. Algum tempo depois voltou, trazendo consigo uma pedra diferente.

- Veja como é macia - ela sugeriu ao novo amigo.

- O que é isto? - ele indagou.

- Uma pedra.

- Pedra? Assim macia?

- Sim. Por aqui elas existem aos montes.

- Para que servem? - o garoto quis saber.

- Creio que para evitar que ferimentos aconteçam, no caso de serem atiradas contra outras pessoas - a menina respondeu.

- Estranho! Nunca tinha visto pedra macia.

- São pedras de Crescência e só aqui podem ser encontradas.

Sara pediu ao amigo que voltasse a sentar-se no banco de pedra rústica, polida pela natureza, no decorrer do tempo.

- Existe uma lenda - a garota começou.

- Lenda?

- Sim. A lenda da Princesa Kanam.

- E o que diz a lenda? - Mateus indagou, curioso.

- Conta-se que há muitos anos atrás, na verdade há milhares de anos atrás, morava nestes bosques um vilão terrível, de nome Kom. Ele tinha corpo de dragão e cabeça de tigre. Era horrível e destruía tudo que visse pela frente. Os moradores do lugarejo, que hoje é nossa cidade, viviam atormentados. Todos os anos tinham que oferecer dois moradores, em sacrifício, a Kom. Ele os devorava ou os levava para algum lugar ignorado. Foram muitas as pessoas que desapareceram nos rituais - a menina meneou a cabeça. - Ninguém, até hoje, sabe se foram devoradas ou levadas para algum local secreto. O principal do vilarejo ofereceu uma recompensa para quem conseguisse capturar Kom e destruí-lo. Ninguém, todavia, arriscava-se a fazê-lo. Até que surgiu uma garota de quinze anos, rápida como o próprio vento. Ela ofereceu-se para realizar a façanha de destruir o monstro. De início, ninguém deu crédito a ela. Mas a menina conseguiu atrair o tigre-dragão. Fazendo uso de seus encantos femininos, ela tocou para o monstro uma suave canção em sua flauta de bambu. Atraído por aquele som tão doce, Kom saiu da caverna que habitava. Aquela melodia suave fez com que lágrimas e mais lágrimas brotassem de seus olhos imensos e muito negros. Quanto mais ela tocava, mais ele chorava e quanto mais ele chorava, mais diminuía de tamanho, até que aquele monstro enorme ficou reduzido ao tamanho de um grãozinho de arroz. Então, a menina colocou-o na palma de sua mão e o entregou ao Principal. O homem foi até o oráculo e consultou seus antepassados, acerca do que deveria fazer com aquele minúsculo tigre-dragão. Os antepassados disseram que este deveria ser plantado no Bosque da Promissão. Assim, obedecendo às instruções do oráculo, o grão foi plantado. Por causa disso, muitos, até os dias de hoje, têm medo de ir àquele bosque. Temem que o terrível Kom ainda viva por lá. Então, algo inesperado aconteceu no momento em que o Principal foi entregar a recompensa à menina que capturara o monstro: ela limitou-se a sorrir e agradecer.

– Não preciso da recompensa, pois já a recebi – ela disse.

– Ora essa, mas quem foi que a ofertou? Algum de nossos moradores mais abastados? – o Principal quis saber.

– Sim, o rico dos ricos, que mora muito longe daqui...

O Principal não se interessou em saber onde morava o tal rico dos ricos e como a menina não quisesse receber a recompensa, que consistia em três sacos de cevada, o homem despediu-se dela, deixando que a jovem seguisse seu caminho. Antes que ela sumisse no horizonte, contudo, o Principal perguntou-lhe:

– Ei, menina! Qual é seu nome?

– Princesa de Kanam! – ela respondeu.

Sara enxugou os olhos. Não conseguia deixar de chorar todas as vezes que narrava aquela lenda. Diante das lágrimas da nova amiga,

Mateus lembrou-se do lencinho que a avó de Mariana havia bordado para ele. Era tão delicado quanto as lágrimas de Sara e seria útil naquele momento. Visto que as pessoas de Crescência costumavam ouvir pensamentos, a jovem resolveu tranquilizar o rapaz:

- Por que não enxuga minhas lágrimas com suas mãos? - ela sugeriu.

Nosso garoto fez como Sara lhe pedira, ficando com as mãos umedecidas. Então, a amiga colocou suas palmas sobre as do menino e ambos selaram um pacto:

- Todo aquele que ouve a lenda da Princesa Kanam fica eternamente amigo da pessoa que a narrou. Fica selado nosso pacto de eterna amizade?

Mateus olhou para aquela menina, ali à sua frente, que era uma verdadeira miragem dos céus. Sim, pensou consigo mesmo, ela tinha apenas quatorze anos, mas não tardaria a fazer quinze, dezesseis, dezoito... O que ela lhe propunha seria, mesmo, apenas um pacto de amizade?

- Podemos ser apenas amigos? - ele indagou, sem refletir.

- Para sempre amigos - Sara respondeu com um sorriso de superioridade.

Aquele momento exigia silêncio. Então, a menina dos cabelos de ouro levantou-se e pôs-se a trilhar o caminho de volta. Mateus a acompanhou e ambos seguiram sem nada dizer. O som da fanfarra, que entoava uma belíssima canção de amor, foi se tornando pouco a pouco mais audível. Subitamente, Sara parou. Mateus tornou a tomar-lhe as mãos entre as suas. Em seguida, ele acariciou-lhe o rosto delicado. Estavam, agora, frente a frente, olhos nos olhos.

- Sara, eu... - nosso jovem amigo começou a dizer.

- Não, não podemos - ela respondeu.

- Eu sei. Você ainda é muito jovem.

- Não é isso - ela retrucou.

- O que é então?

- Aqueles que conhecem a lenda da princesa Kanam só podem namorar depois de terem ido ao Bosque da Promissão, a fim de descobrir o que se passa por lá e o que aconteceu ao pequeno grão, plantado pelo Principal do vilarejo no passado.

- E por que você me contou a lenda? Se não tivesse contado...

- Quando namoramos, não somos apenas um. Somos dois. Então, o que um sabe, o outro deve saber. Entende? Os que vão até o Bosque da Promissão não podem contar às outras pessoas o que viram. As descobertas devem ser pessoais e intransferíveis.

- Então você quer ser minha namorada?

- Não. Quero ser sua princesa!

3. NO BOSQUE DA PALHOÇA

Na semana seguinte Mateus tinha provas no colégio. Naquelas semanas de provas todos os alunos ficavam em tempo integral na escola. A avaliação não se fazia apenas respondendo perguntas em folhas soltas de papel. Tratava-se de algo bem mais completo, que incluía atividades em laboratório e trabalhos de campo. Aquelas atividades avaliatórias eram a grande oportunidade que professores e alunos tinham para se conhecer melhor e obter uma ideia clara de suas capacidades para ler, ouvir, estudar e desenvolver aprendizados. Mateus adorava aquelas avaliações, que eram propostas aos estudantes quando eles menos esperavam. Num sábado qualquer, ao término das aulas, eram informados de que seriam submetidos a testes na semana seguinte. Todos deveriam estar preparados, permanentemente, para terem suas habilidades colocadas à prova.

Os sábados também eram dias de estudo em Crescência. As escolas permaneciam abertas das seis da manhã às dez da noite, a fim de receber os alunos que desejassem estudar individualmente, em grupos ou com a colaboração de monitores especializados. Somente as aulas expositivas eram ministradas nas salas de aula. Tudo o mais deveria ser realizado pelos alunos. Crescência acreditava em suas crianças e jovens. Desejava que eles estivessem preparados para um futuro daquela cidade cada vez melhor.

Àquela altura, Mateus quase não se lembrava de sua antiga escola da cidade grande, onde tudo era feito de maneira apressada. Lá, nem bem o sino tocava, alunos e professores preparavam-se para ir rapidamente a algum lugar, a fim de fazer alguma coisa, depois outra, depois outra, num corre-corre sem fim. Atropelavam-se. Atendiam celulares, ouviam músicas e riam-se sem parar de fatos dos quais nem sequer haviam tomado, de fato, conhecimento. As avaliações na antiga escola eram corridas, sendo que a expectativa era de que os alunos não gastassem mais do que cinquenta minutos para concluí-las. Ao final do ano letivo, então, as notas acumuladas dos testes decidiam se o estudante estava apto ou não a seguir seu caminho naquela seriação.

Em Crescência, o procedimento era inteiramente diverso. Lá não se computavam notas, mas aprendizados. O próprio Mateus ficara apavorado ao tomar conhecimento daquele esquema de avaliação que lhe era tão pouco familiar. Contudo, não tardara a perceber que o sistema avaliatório da nova cidade era muito mais sensato e inteligente do que aquele ao qual estivera habituado por tantos anos. Passou a amá-lo e a estar sempre preparado para os testes, que eram sempre muito distintos uns dos outros. O rapaz suspeitava de que havia um Conselho específico, que se ocupava de criar novas possibilidades de avaliar os estudantes em Crescência. Era estranho, agora, pensar que em sua antiga escola as provas e testes mantinham o mesmo velho formato inalterado por décadas!

Um fato interessante era que os períodos de avaliação nos dois colégios da cidade jamais coincidiam e havia uma boa justificativa para que assim fosse: daquela maneira ninguém ali ficaria forçado a privar-se da alegria dos jovens e das crianças ao longo de todo um período. Aquela gente especial era indispensável para manter o bom humor permanente dos moradores de Crescência. Representavam a força nascente, o futuro de constantes transformações do lugar.

Tudo transcorria às mil maravilhas na vida de Mateus, embora muitas de suas perguntas permanecessem sem resposta: Por que aquela cidade era tão diferente das outras? O que a teria tornado no que era? Quem teria sido capaz de moldá-la daquela maneira?

Nosso rapaz conversava com os pais sempre que podia. Contudo, naquela cidade todos tinham o dever e o direito de trabalhar. Assim sendo, o senhor Anselmo e dona Cristina também tinham seus deveres, o que tornava os encontros familiares mais breves. Havia muitas coisas a serem resolvidas nos momentos de encontro, o que implicava que o tempo fosse muito bem aproveitado. Aquela era uma maneira fantástica de promover a supervalorização dos encontros familiares, tão escassos na cidade natal de Mateus.

- Ouça, filho, também nós temos as mesmas indagações que você - o pai comentou, certa feita, durante uma conversa.

- E buscamos as mesmas respostas - completou a mãe.

- Já conseguiram descobrir alguma coisa? - o rapaz questionou.

- Dizem que existe uma lenda... - a mãe falou.

- Não mencione a lenda, mamãe!

- Por que não, meu filho? - indagou dona Cristina, intrigada.

- A lenda só pode ser contada para casais que ainda não são namorados - o garoto esclareceu.

- E você conhece a lenda, filho? - o pai perguntou, curioso.

- Conheço.

- Como foi que você conheceu? - a mãe quis saber.

- Isso é segredo - Mateus respondeu, reticente.

O diálogo prosseguiu, sem que nosso amigo abrisse mão de sua responsabilidade de guardião do segredo. Por fim, os Campos Villa combinaram que haveriam de empenhar-se em descobrir como tudo havia começado em Crescência.

Sara não tinha voltado a se comunicar com Mateus e ele andava ocupado demais para ir ao colégio onde a menina estudava. Só lhe restava esperar pelo domingo, para ver se a encontrava no Bosque da Promissão.

NO SÁBADO À TARDE, contudo, o senhor Anselmo reuniu a família e propôs que visitassem, juntos, um local da cidade que ainda lhes fosse desconhecido. Sugeriu que fossem até o Bosque da Palhoça, que ficava a alguns quilômetros da cidade, mas que pertencia ao município de Crescência.

- Bosque da Palhoça, pai! - Mateus protestou.

- Isso mesmo, filho. Dizem que é um lugar muito elegante - o senhor Anselmo comentou.

- Mas por que se chama Bosque da Palhoça?

- Dizem que lá existe, até hoje, a palhoça onde viveu o velho Salinho.

- E quem é o velho Salinho? - o garoto quis saber.

- Um homem que viveu duzentos anos e que morreu há trezentos.

- E a Palhoça ainda existe? - nosso rapaz perguntou, intrigado.

- Pois dizem que o homem ainda mora lá, meu filho. Algumas pessoas são capazes de vê-lo, enquanto outras vão até o bosque na esperança de encontrá-lo.

Uma aventura daquele porte era um presente dos céus para um adolescente de dezesseis anos. Embora soubesse que não poderia encontrar-se com Sara naquele domingo, Mateus preferiu mesmo acompanhar os pais, para conhecer o tal Bosque e a tal Palhoça de tal velho Salinho.

O domingo amanheceu festivo, como devem ser todos os domingos. Após os ofícios religiosos, não obrigatórios às consciências dos moradores daquela cidade, convictos de que a opção religiosa deve ser de caráter absolutamente pessoal, os Campos Villa entraram no automóvel de sua propriedade e seguiram rumo ao local que tinham escolhido visitar naquele dia. Em instantes, seguiam pelas estradas ladeadas de palmeiras, na mais perfeita harmonia familiar. Era bem verdade que Mateus tinha o coração apertado pela saudade que sentia de Sara, sua... amiga!

- Que cabelos lindos! Que olhos de esmeralda! Que mãos de pétalas! Que sorriso diferente! A ternura em pessoa! - o rapaz seguia pensando, enquanto lembrava-se de que aquele domingo era o dia que ambos haviam escolhido para o reencontro.

Nosso amigo, contudo, tinha consciência de que os pais eram igualmente importantes para ele. Afinal, sem a cooperação do senhor Anselmo e de dona Cristina ele não teria nascido para conhecer e vivenciar tudo quanto agora experimentava. Assim sendo, o garoto tratou de valorizar a presença do pai e da mãe, dando o melhor de si para que ambos pudessem se alegrar em desfrutar da companhia filial ao longo do passeio. Então, à semelhança do que se vê, com frequência, nos velhos filmes de Hollywood, a família seguiu pela via ladeada de palmeiras, cantando velhas canções, alegres e sorridentes em rememorá-las.

O celular de Mateus tocou, de repente, e todos pararam de cantarolar. Tendo retirado o objeto do bolso, apressadamente, nosso jovem verificou o nome e o número de quem pretendia falar com ele: era Tânia, uma colega de classe, às voltas com dificuldades nas lições de física, que ele tão bem dominava. Solícito, o garoto ajudou a menina a solucionar suas dúvidas ali mesmo, pelo telefone. O intelecto funcionou, mas o coração quase chorou. Queria que outro número, que outra pessoa o tivesse procurado e dito:

- Onde está você, Mateus? Vamos ao Bosque hoje?

Ainda bem que não tinha sido Sara a ligar para ele, o rapaz concluiu após breve reflexão. Do contrário, era provável que tivesse se sentido inclinado a deixar imediatamente o carro do pai, para seguir correndo ao encontro da menina de cabelos dourados, num comportamento muito característico dos jovens, com seus pulmões vigorosos e músculos enérgicos. Pensando melhor, talvez não se houvesse permitido agir de maneira tão impulsiva. O mais provável era que ainda que tivesse ouvido o tão desejado convite dos lábios de Sara, tivesse optado por permanecer ao lado de seus pais. Bem, o fato é que há coisas que só se decide quando chega o momento, sobretudo em se tratando da complexa questão do amor, do amar e do ser amado. Então não é verdade que o amor pode provir de diferentes fontes e assumir variadas formas?

Os Campos Villa avistaram, finalmente, a placa que mostrava que haviam chegado ao Bosque da Palhoça. Depois de estacionar o carro no local apropriado, o senhor Anselmo, a esposa e o filho deixaram o veículo. Aquele lugar desconhecido exerceu um encanto imediato sobre eles. Não havia, naquele ambiente, um único aspecto que a natureza e o homem não houvessem compartilhado: cercas vivas, jardins bem cuidados, árvores belíssimas, gramados impecáveis, passadeiras em pedras polidas, bancos ricamente entalhados em mármore e colunas de flores, que serviam como portais, além de redes para o descanso dos visitantes, que eram lavadas e limpas de hora em hora, ou assim que um ocupante acabasse de deixá-las. E não era só isso. O lugar estava repleto de incontáveis pássaros e riachos. Havia ali, também, pequenas embarcações fluviais, triciclos à disposição dos visitantes que desejassem fazer incursões a pontos mais distantes do bosque. Enfim, eram tantas ali as belezas, que os olhos curiosos de Mateus e de seus pais precisariam de um bom tempo para contemplar todas as maravilhas.

O mais importante naquele local singular, entretanto, não era aquilo que os cinco sentidos humanos podem registrar, mas a paz que transpirava do ambiente. Todos ali falavam baixinho e ninguém ousava comer em meio àquela natureza exuberante. Havia locais específicos para aqueles que desejassem fazer uma refeição. As pessoas tampouco se despiam para mergulhos, visto que todos ali respeitavam suas próprias intimidades, sabedores de que o que se deve mostrar é apenas o amor e a sabedoria.

Em nichos apropriados, cantadores e contadores de histórias deslumbravam os visitantes do bosque com a beleza de suas canções e das histórias-quase-lendas que narravam. Mais adiante, pessoas faziam exercícios físicos sob o comando de experiente orientador. Tudo acontecia de maneira tão coreográfica, que valia a pena deter-se para admirar a beleza daqueles corpos em movimento.

Outro detalhe interessante era que no Bosque da Palhoça não havia lugares exclusivamente destinados para o uso de crianças, jovens e velhos. Ali, o conjunto de visitantes era formado por pessoas de todas as idades. Afinal, a principal lei de cidadania em Crescência dizia que não se haveria de fazer distinção entre indivíduos das diferentes faixas etárias.

Mateus e seus pais estavam deslumbrados. Assim que chegaram a um local onde era permitido comer, uma senhora doceira aproximou-se dos três e ofereceu-lhes guloseimas de variados sabores, sem cobrar por eles um único centavo.

– Que tal? Gostaram? – indagou a bondosa mulher, sorrindo. – Faço esses doces com parte do que ganho com meu trabalho semanal. Quanto mais distribuo, mais lucros obtenho – ela explicou, com gentileza.

Mateus, que era apaixonado por doces, provou um de cada.

– Fico feliz por não ter que escolher o melhor, porque o melhor simplesmente não existe – comentou o rapaz. – São as mais deliciosas guloseimas que já experimentei, exceto um... – ele calou-se, de repente.

A senhora sorriu e apertou as bochechas do garoto.

– Ah, os jovens! – ela exclamou, enquanto se afastava.

Aquela frase tão breve bastou para trazer Sara de imediato à mente de Mateus. Ela bem que poderia estar ali com eles... Por que, afinal, não a convidara para o passeio? Afinal de contas, eram amigos! Era bem verdade que a amizade entre eles era tão recente, que talvez nem tivesse ficado bem convidá-la para visitar o bosque com ele. Além disso, era bem possível que os pais da menina não tivesse permitido que ela o acompanhasse. De qualquer modo, era muito bom poder admitir para si próprio que era capaz de ser feliz mesmo sem Sara, ainda que desejasse muito tê-la por perto, para encher de graça o seu dia e de sonhos o seu peito.

As horas foram passando e o momento do almoço chegou. Dona Cristina havia preparado uma gostosa refeição para aquele passeio. Ao alcançarem elegante tenda, pai, mãe e filho assentaram-se em bancos de mármore e púrpura incrustada e saborearam os alimentos que haviam sido feitos com muito carinho.

A tarde seria dedicada a leituras ou passeios pelo bosque. Os Campos Villa ainda não haviam ido até a Palhoça, que ficava bem distante do local onde agora se encontravam, mas à qual se podia chegar a pé ou de triciclo. A pé, o passeio seria encantador: de triciclo, mais rápido e menos desgastante. Os pais de Mateus optaram por ir de triciclo e o rapaz, como é fácil prever, decidiu que iria a pé. Queria cismar sozinho, pensar em Mariana tão distante, aquele amor perdido. Queria pensar também em Sara, tão perto, mas, ainda assim, um amor impossível. Os adolescentes são assim mesmo: as dúvidas do coração incluem-se entre as emoções típicas dessa fase da vida.

Mateus decidiu que não teria pressa e assentou-se num dos bancos de mármore do bosque, de onde se pôs a observar as pessoas que por ali transitavam, sobretudo as garotas, é claro! Por vezes, uma delas retribuía-lhe o olhar e sorria. Todas eram bonitas, umas mais, outras menos. É claro que ele também despertava a curiosidade e o interesse delas. Afinal era um rapaz moreno, de cabelos pretos e sorriso másculo. Tinha um metro e setenta de altura e estava em excelente forma física. Uma das jovens que por ali passava chegou a perguntar-lhe as horas, ainda que houvesse relógios facilmente visíveis por todo bosque. É evidente que as meninas de Crescência não investiam como avestruzes contra suas presas. Eram sensatas e sabiam o local, a maneira e a hora certa de falar e agir.

Mateus honrava sua própria presença, de modo que jamais se expunha com frases vulgares ou gestos impróprios. Os olhares e os sorrisos trocados pelos adolescentes falavam por si próprios e se respondiam simultaneamente. Agora, nosso rapaz observava outros grupos de pessoas, como senhores e senhoras engajados em animadas conversações acerca do desenrolar da vida, das causas e das coisas.

- Aí está meu futuro - dizia o garoto de si para si.

Em seguida, o jovem pôs-se a observar os idosos. Em Crescência, eles eram festivos e não se arrastavam à semelhança de répteis em busca da morte em brejos ou bocas de feras famintas. Apenas desfrutavam a vida dentro de suas possibilidades individuais. Eram invariavelmente alegres, fato que não passou despercebido por Mateus.

Por fim, o rapaz observou as crianças: primeiro as de colo e aquelas que circulavam em carrinhos feitos de pergaminhos. Em seguida, as pequeninas que já caminhavam de mãos dadas com os pais e, por fim, as maiores até dez anos de idade. Havia em todas elas o halo da esperança e o sorriso de gratidão pelo simples fato de terem nascido. Nosso rapaz agora era um sábio: o sábio do Bosque da Palhoça, o filósofo do tempo e das idades.

Inesperadamente, um contador de histórias veio juntar-se a ele:

- Importa-se que eu me sente ao seu lado? - indagou o recém-chegado.

- Claro que não. Será um prazer - respondeu nosso jovem.

- Como você se chama?

- Mateus. E você?

- Aparecido.

- Aparecido? - o rapaz franziu de leve as sobrancelhas.

- Sim. De repente, apareci. Não conheci meus pais e acabei por ficar nesta cidade. Como não sabia meu nome oficial, decidi que me chamaria Aparecido.

- É engraçado!

- Você é natural de Crescência? - Aparecido indagou.

- Não. Mudei-me com minha família para cá há pouco tempo - Mateus esclareceu.

- Em qual das escolas está estudando?

- Na Castro Albuquerque.

- Por que decidiu estudar lá?

- Não saberia dizer - nosso rapaz viu-se forçado a admitir.

- Mas eu sei! - Aparecido exclamou.

- Como pode saber? Você sequer me conhece e nem eu mesmo consigo explicar o motivo que me levou a optar pelo Castro Albuquerque.

- Não se deve ficar muito perto do amor, enquanto ele ainda é só amizade - Aparecido advertiu, inesperadamente. - O amor amadurece aos poucos e as distâncias são o óleo que ilumina a candeia.

- O que foi que você disse? - Mateus perguntou, intrigado.

- Conta-se que certa vez...

Naquele exato instante, um grupo de cantadores passou pelo banco onde os dois jovens conversavam e tomaram pela mão o contador de histórias. Enquanto se afastava, Aparecido foi contando uma história que deveria ser contada para Mateus. O garoto levantou-se e tentou seguir o grupo, mas eles embrenharam-se por certo caminho que Mateus não conhecia e que deveria levar ao local dos artistas. Nosso amigo compreendia que todos os lugares devem ser respeitados, uma vez que cada um diz respeito apenas às pessoas que dele fazem uso.

Assim, Mateus se pôs a caminhar em direção à Palhoça. Seus pais já deviam estar de volta. Como o caminho por onde ele agora seguia era diferente daquele que o senhor Anselmo e dona Cristina haviam tomado, era provável que só se tornassem a encontrar no final da tarde, no estacionamento, onde seu pai havia deixado o carro.

Enquanto o jovem caminhava, a passarela em seu derredor ia alternando cores e plantações. Mateus caminhava pensativo, encantado com tanta beleza. Tentava imaginar agora como seria o resto do mundo. Costumava ver fotografias, vídeos. Tudo era tão bonito! Ah, se pudesse um dia viajar pelo mundo, contemplando e respeitando suas maravilhas!

A lei impunha que cada um realizasse o trajeto até a Palhoça desacompanhado. Afinal, era o caminho da Palhoça, um tempo de reflexões. Os candidatos a visitar o local dirigiam-se a uma tenda, onde se alistavam e aguardavam que chegasse sua vez de conhecer o lugar.

- Bem, pelo menos serve de consolo - Mateus pensou. - Mesmo que Sara estivesse aqui, não poderíamos fazer a caminhada juntos.

Tendo percorrido a rota com passos cadenciados, nosso amigo avistou a Palhoça a certa distância e notou que as pessoas próximas ao local assumiam ar reverente. Após lançarem um olhar em derredor, assentavam-se sobre pequenos pufes feitos de vegetação, oravam ou procuravam, curiosas, pelo velho Salinho. Mateus foi se aproximando devagar. No portal, composto por colunas multicoloridas por flores dos mais variados matizes havia uma inscrição:

NÃO ADENTRE A PALHOÇA
Somente poderão fazê-lo aqueles
que forem escolhidos.

- Boas perspectivas - o jovem murmurou de si para si. - Quer dizer que se eu for escolhido poderei entrar. Mas quem faz a escolha? O que é necessário para ser escolhido?

Nosso rapaz aproximou-se com cuidado, com o intuito de descobrir os limites ideais para aquela aproximação. Fitou, então, a Palhoça: na frente da modesta moradia havia uma varanda rústica, coberta de palhas centenárias, que jamais secavam. Um pequeno banco era todo o luxo a que se dava o velho Salinho. Próximo ao banco havia pequena janela entreaberta e uma porta, que dava acesso ao interior da pequena habitação. A porta estava fechada. A cada lado da casa via-se janelas igualmente fechadas e, nos fundos, outra porta, que conduzia a uma bica de água, que prosseguia jorrando, embora dela ninguém bebesse havia séculos. A porta quase se deixava transpor, mas ninguém tinha coragem suficiente para violar-lhe a passagem. Experimentava-se uma indefinida sensação de bem-estar naquele local e havia pessoas que passavam dias assentadas nos pufes, admirando a Palhoça. Eram viajantes provenientes de outras cidades, sem bosques e sem palhoças.

Mateus sentou-se num dos pufes formados pela vegetação. O assento era grande e confortável. Estirando-se sobre o mesmo, o garoto adormeceu e, dormindo, sonhou que era rei de uma grande nação. Seus súditos, curiosamente, eram todos pigmeus e, portanto, não lhe seria possível conquistar outros territórios, uma vez que seu exército não seria capaz de fazer frente ao inimigo. Ao mesmo tempo, nosso rapaz observava que a população de seu reino crescia a cada dia, enquanto o território diminuía. Precisava de mais terras, de mais espaços. Em certa manhã sem sol, ele chamou um de seus conselheiros diretos e pediu-lhe que apresentasse uma solução para aquele problema. O conselheiro pensou demoradamente.

- Majestade - o homem começou, então -, não há como aumentarmos nosso território no sentido horizontal, mas creio haver uma solução para o impasse.

- E qual seria essa solução? - Mateus-Rei indagou.

- Bem, não podemos aumentar o território horizontalmente, mas podemos fazê-lo na vertical.

- Como é que isso poderia ser feito?

- Construiremos casas sobre casas, Majestade - respondeu o conselheiro.

- Então é essa a solução? Ora, isso é muito simples. Muitas cidades são assim!

- Por que não fazemos o mesmo aqui?

- Porque...

Mateus-Rei deixou a frase por terminar e pediu ao conselheiro que se retirasse. Concluíra que as soluções estão, frequentemente, tão perto de nós e são, em geral, tão fáceis de serem obtidas, que por isso mesmo não nos damos conta delas.

- Mateus... Mateus... Quem é Mateus?

O ex-rei, nobre majestade, despertou ao ouvir aquele chamado, que vinha de algum lugar, que não conseguiria definir. Erguendo-se, nosso garoto esfregou os olhos com as mãos, no intuito de espantar o sono.

– Última chamada: Mateus... Quem é Mateus? – uma voz feminina voltou a dizer seu nome.

O rapaz levantou-se e examinou a si mesmo, sem saber se ainda era rei, mal saído do sonho que acabava de ter.

– Eu sou Mateus – respondeu, por fim, erguendo o braço direito.

– Muito bem – respondeu a voz. – Até que enfim você se apresenta, pois eu já estava quase desistindo.

– Desistindo de quê? E quem me chama?

– Sou eu, a voz da Palhoça – a estranha resposta fez-se ouvir.

– Voz da Palhoça?

Mateus teve ímpetos de sair correndo de medo daquele lugar. Se a Palhoça era do velho Salinho, então a voz era do próprio! Ora, mas seria possível que os séculos o tivessem transformado em mulher? Céus, quanta loucura!

– Aproxime-se, Mateus – pediu a voz. – Você foi o escolhido.

– O escolhido? – indagou o rapaz, sem compreender.

– Sim, para conhecer a Palhoça por inteiro!

As pessoas presentes aplaudiram o adolescente. Todas desejariam estar em seu lugar. Era surpreendente que ele tivesse sido selecionado entre tanta gente, sobretudo porque havia ali anciãos às vésperas de serem chamados de volta à pátria espiritual que, decerto, não teriam outra chance de conhecer o local. Apenas duas pessoas eram escolhidas para conhecer a Palhoça a cada domingo e Mateus já era a segunda delas. O primeiro escolhido para visitar o local, ainda se encontrava no interior da Palhoça. Juntos, o primeiro e o segundo escolhidos deixariam o local ao pôr do sol e seriam ungidos pelo velho senhor.

– O que devo fazer? – Mateus perguntou à voz do velho Salinho.

– Junto à porta da varanda, você encontrará pares de sandálias de palha. Escolha o que couber em seus pés e calce-o – foi a instrução recebida.

– Já estou vendo as sandálias – o garoto respondeu. – Vou calçá-las... Pronto, calcei!

– Muito bem! Agora suba os degraus da varanda – ordenou a voz.

O rapaz obedeceu timidamente.

– Sente-se no banco à sua direita. Feche os olhos e faça um pedido – soou a nova recomendação.

Mateus fez conforme lhe era solicitado. Sentando-se, fechou os olhos e pensou tão secretamente, que até hoje ninguém conseguiu descobrir no que foi que ele pensou, nem o que pediu.

– Muito bem, muito bem... É isto mesmo que você deseja? – a voz interpelou.

– Sim.

– Tem certeza?

– Tenho.

– Ótimo – prosseguiu a voz. – Agora se levante. A porta vai se abrir e por ela você deve entrar. Todavia, devo pedir-lhe que não toque na porta, pois ela é dotada de magias e encantos tais, que se um humano a tocar, pode fazer desmoronar toda a Palhoça.

– Santo Deus! – o menino exclamou. – Não tenho a intenção de fazer desmoronar coisa alguma.

– Perfeito. Agora é só proceder de acordo com as instruções recebidas.

Solene, o novamente Mateus-Rei caminhou com majestosa segurança. A porta abriu-se de par em par, automaticamente. O rapaz avançou com passos cadenciados. Vista de fora, a Palhoça era toda escura. Ao adentrar nela, contudo, Mateus-Rei percebeu que o local era todo iluminado por estranha luz, gerada a partir de curiosos dínamos. O rapaz se encontrava agora na sala, cujo ambiente era composto apenas por uma mesa e uma cadeira.

– Sente-se, Mateus – a voz ordenou.

Lentamente, a cadeira afastou-se da mesa, dando condições para que Mateus-Rei pudesse se aproximar e sentar-se com conforto.

– Lá fora você fez seu pedido – lembrou a voz –, agora deverá submeter-se a testes, para conseguir o que deseja.

– E o que devo fazer? – indagou o rapaz.

– Há lápis e papel sobre a mesa.

No mesmo instante, Mateus-Rei viu uma folha de papel e um lápis surgirem de algum lugar do invisível. Permaneceu, todavia, em silêncio, limitando-se a observar.

– Você tem diante de si um documento – informou a voz. – Leia-o e assine-o.

Mais uma vez, nosso amigo viu o invisível entrar em ação: letras foram surgindo, como se caíssem sobre o papel, formando palavras e frases. O documento dizia ser aquele um pacto entre o solicitante e o cedente, em que o rapaz comprometia-se a jamais revelar, a quem quer que fosse, o que havia solicitado, desejado. O pacto de comprometimento deveria ser redigido nas palavras próprias de Mateus. Ainda que alguém viesse a descobrir o que nosso rapaz havia pedido antes de adentrar na Palhoça, pela simples observação de seu proceder a partir daquele dia, o cedente manteria para sempre em segredo o que havia cedido a Mateus-Rei.

– É justo – concordou o garoto.

– Então, assine – a voz instruiu.

Assim que o rapaz acabou de redigir o próprio nome, o documento desapareceu da mesma maneira que havia surgido.

– Agora podemos prosseguir – disse a voz.

– Estou pronto – Mateus assegurou.

– Imagine uma pessoa nesta sala, compondo com você este ambiente.

– Uma só?

– Sim. Apenas uma – soou a determinação.

Aquela não seria uma tarefa fácil, pois havia diversas pessoas que o garoto desejaria ter ali: seu pai, sua mãe, Mariana, Sara, Tânia – a colega de estudos – e até Madame Tales, sua professora mais exigente.

– Uma só... – Mateus tornou a repetir, como se falasse consigo mesmo.

- Sim e você deve decidir rápido, pois não há muito tempo.

O rapaz pensou e escolheu, finalmente. Pronto, estava decidido. Tomara que tivesse escolhido com sabedoria.

- Muito bem, meu caro! - a voz feminina tornou a soar. - Vamos em frente. Agora pense num lugar que você desejaria conhecer. Caso ele ainda não exista, invente-o.

O herói da Palhoça pensou, pensou e... Pronto! O local estava escolhido.

- Agora pense numa situação que você viveria com a pessoa escolhida no local desejado - foi a nova determinação.

Sim, a situação também foi escolhida. Mateus-Rei ia ficando mais seguro a cada escolha que fazia.

- Está indo bem, meu caro. Passemos agora ao único quarto da Palhoça.

Subitamente, uma porta vinda do nada surgiu numa parede e Mateus-Rei penetrou através dela. Dentro do quarto havia, de um lado, um criado com um cântaro de água e um copo e, de outro, um móvel estranho, que o viajante ao invisível entendeu ser a cama do velho Salinho.

- Bem... Bem... Está vendo a água e o copo? - a voz perguntou.

- Sim. Devo bebê-la? - Mateus quis saber.

- Não. Coloque água no copo.

Mateus-Rei obedeceu.

- Pronto.

- Agora imagine que você é um super-homem com superpoderes para transformar esta água em qualquer coisa que quiser. Transforme-a! - foi o novo comando.

Em poucos instantes a água borbulhava e assumia uma tonalidade esverdeada.

- Agora derrame sua invenção no cântaro - a voz ordenou.

Novamente Mateus-Rei agiu com obediência e viu, surpreso, que o cântaro aumentava de tamanho.

- É natural. Não se assuste - foi o comentário tranquilizador que se ouviu a seguir.

Nosso rapaz sentiu um arrepio percorrer-lhe o corpo todo, mas refez-se prontamente. Não era momento para arrepios, que eram prenúncio de medo! Se havia algo que Mateus-Rei não queria sentir ali era medo, pois aquilo poderia pôr tudo a perder.

- Está vendo o alvanol? - a voz indagou.

- O que é alvanol? - nosso rapaz quis saber.

- É o móvel que está aí ao seu lado.

- Sim.

- Agora pegue o cântaro e derrame a poção que você inventou sobre ele - foi a nova instrução.

Mateus-Rei teve dificuldades em erguer o cântaro, que era muito pesado. Todavia, conseguiu carregar o objeto até o tal alvanol e derramou sobre ele todo o líquido. Algo inusitado aconteceu, então: um som borbulhante cortou o ar, fazendo transformar aquele ambiente. A Palhoça aumentou de tamanho e o quarto foi se transformando, lentamente, num grande bosque. Era um bosque com cinco áreas distintas uma da outra, cada qual com seus encantos e tormentos. Mateus-Rei se viu sozinho naquele bosque, sem saber aonde ir e o que procurar. Sabia que precisava encontrar alguma coisa. De repente, um céu azul se fez. No torvelinho das emoções, contudo, o céu tornou-se cinzento e raios perigosos começaram a surgir, seguidos por trovões também assustadores. Mateus-Menino tentava correr e esconder-se. Repentinamente, então, tudo voltou a ser em paz, em cantos e em luz. Cachoeiras de luzes. O quarto e a Palhoça haviam sumido, a voz silenciara e Mateus-Rei voltou a governar com majestade.

- Onde estou? - ele indagou a si mesmo.

- Você está no principal dos bosques de Crescência - uma nova voz fez-se ouvir, em resposta.

O rapaz deu-se conta de que aquela voz vinha de dentro de seu coração.

- E o que devo fazer? - ele perguntou.

- Descobrir o mistério da Lenda da Princesa de Kanam.

- Como? Sozinho?

- Não. Em companhia daquela que escolheu - foi a reconfortante resposta.

De imediato, uma música suave encheu o ambiente e Sara surgiu. Ela fitava Mateus e lhe estendia as mãos.

- Vamos - ela murmurou num convite.

O bosque foi sumindo, sumindo e nosso rapaz viu-se de volta ao quarto onde antes estivera: a um lado estava o criado com o cântaro e o copo e, do outro, o estranho móvel que lhe haviam dito chamar-se alvanol.

- Este é o nosso acordo - a voz feminina tornou a soar -: todos aqueles que entram na Palhoça do velho Salinho fazem um pacto com ele. A cada um o velho propõe um teste. O seu teste, Mateus, e o de Sara é desvendar os mistérios da Lenda da Princesa de Kanam, coisa que ninguém até hoje foi capaz de fazer.

- Sara? Mas ela não sabe de nada do que se passa aqui. Como posso aceitar o teste por mim e por ela? - o rapaz questionou. - Afinal, Sara não está presente para dizer se aceita ou não!

- Estou sim - a voz da menina fez-se ouvir, às costas de nosso amigo. - Estou aqui desde cedo e fui a primeira pessoa a ser escolhida para conhecer a Palhoça.

O jovem voltou-se e viu a garota dos cabelos dourados, dos olhos de esmeralda e das mãos de pétalas, ali, diante dele...

- Sara! - ele exclamou com satisfação.

- Sim, sou eu mesma!

- Você não está surgindo do reino do invisível, está? - o rapaz quis saber.

- Posso garantir-lhe que não - disse a menina. - Vim de minha casa hoje cedo, pouco depois de haver despertado.

- Veio passear no bosque?

- Não. Vim me encontrar com você.

Bem mais tarde, pouco antes do anoitecer, Sara e Mateus tomaram juntos o caminho de volta. De vez em quando suas mãos se tocavam. Ambos gostariam de tê-las entrelaçadas. Todavia, uma voz interior dizia-lhes que não o fizessem. Afinal, amigos não andam de mãos dadas! Mateus pouco falava, enquanto Sara escutava, atenta, o som dos passos do rapaz, observando cada detalhe de seus gestos, de seu caminhar e de seu suspirar.

- Meninas são assim mesmo, meu filho - dissera, certa vez, dona Cristina ao filho.

Assim que alcançaram o estacionamento, Sara despediu-se do amigo, dizendo que voltaria para casa da mesma maneira que tinha vindo até lá: no trem urbano que rodeava os bosques. Os jovens despediram-se e cada qual seguiu seu caminho, até que os compromissos assumidos os levassem a se reencontrar. Em Mateus ficou a lembrança viva dos eventos ocorridos no interior da Palhoça. Em Sara, a certeza de haver feito o que era certo.

4. RUMO AO BOSQUE DA PROMISSÃO

Era prática das escolas daquela cidade conceder recesso aos alunos a cada dois meses de estudos. A duração de tais períodos variava de acordo com o andamento do currículo. Naqueles dias de folga os alunos podiam passear, ir ao cinema, caminhar pelos bosques, viajar ou simplesmente ficar em casa sem fazer nada. Aquele era, enfim, um tempo do qual deveriam dispor para o descanso. Estavam proibidos de pegar em livros e cadernos para estudar. Poderiam ler romances ou outro gênero literário que apreciassem, mas nada de pegar em livros de escola. Para alguns alunos aquilo era uma verdadeira tortura! Eles gostavam mesmo era das aulas, do burburinho do ambiente escolar, da paquera nos pátios, das trocas de olhares travessos e sorrisos comprometedores, das lágrimas que caíam em contas, denunciando a dor que se sentia quando aquele garoto ou aquela garota passava sem dar atenção. Na escola, enfim, tudo era festa e havia aquela sede de aprender dentro e fora das salas de aula.

Naquele recesso, em especial, algo muito importante estava para acontecer com Mateus e Sara. Certo dia, durante o recesso escolar, os dois se encontraram no Bosque das Predições. Era cedo. Ambos levavam consigo lanches. O dia seria todo deles. Os pais confiavam em seus filhos, certos de que eles nada fariam sem seu consentimento.

- Vamos, Mateus! - a menina dos cabelos dourados propôs.

- Eu bem que gostaria, mas acho que ainda não estou preparado - respondeu o rapaz.

- Como poderá ter certeza, se não for? - a garota argumentou.

- O caminho é longo. Tenho receio de cansar.

- Você é forte - Sara observou, encorajadora.

- Tenho medo de desistir no meio do caminho e você sabe que uma vez iniciada a marcha não há como voltar atrás.

- Sei disso - retrucou a menina. - Assim como também sei que esta será uma oportunidade de passarmos um tempo juntos e que o próximo recesso será somente daqui a dois meses.

Sara e Mateus conversaram ao longo de duas horas e recordaram detalhadamente os fatos que se haviam desenrolado no interior da Palhoça do velho Salinho. Estavam, de fato, muito comprometidos com a Lenda da Princesa Kanam.

- A lenda diz que, certo dia, a Princesa surgiu no vilarejo e resolveu o problema do monstro, transformando-o em pequeno grão, que o Principal plantou no Bosque da Promissão, certo, Sara? - o rapaz indagou a certa altura da conversa. - Tudo bem. O tempo passou. Por que, agora, nós dois é que temos que descobrir o que aconteceu depois disso?

- Porque sempre surge o tempo das soluções e as pessoas aptas para levá-las a efeito - a garota respondeu. - Nossos antepassados acharam por bem que nós dois desvendássemos a lenda neste tempo que é nosso. Os meninos imitam os homens: são sempre muito práticos e não dão atenção a detalhes. As meninas imitam as mulheres e sabem que tudo deve ser detalhado e organizado. A lenda precisa ser conhecida - ela acrescentou. - O que estaria encoberto por detrás daquela história e da Princesa que venceu o monstro? Vamos, Mateus! O Bosque da Promissão nos espera.

- Fica longe daqui? - o garoto quis saber.

- Não sei dizer.

- Demora muito a chegar?

- Depende da velocidade de nossos passos.

- Vamos mesmo só como amigos, Sara? - Mateus perguntou.

- Sim, esse é nosso pacto - a menina lembrou.

- Faço essa pergunta porque acredito que entre um garoto e uma garota sozinhos num bosque estas coisas devem ficar muito bem definidas - o rapaz buscou justificar-se.

- Você tem razão. Por isto fizemos antes o pacto.

- Desde quando você sabe que teríamos que ir ao Bosque da Promissão?

- Fiquei sabendo quando fomos à Palhoça - Sara confessou.

- E por que fez o pacto comigo? - Mateus indagou, curioso.

- Porque sempre vim ao Bosque das Predições - a garota respondeu. - Esse lugar nos impregna do futuro.

- Vocês, filhos de Crescência, são todos misteriosos!

- Os "misteriosos" sempre esperam por alguém que os acompanhe e ajude a desvendar seus mistérios ocultos. E você é este alguém.

- Não podia ser outro? - Mateus perguntou.

- Como você, não! Foi aguardado por muito tempo. Sabíamos que um dia viria - Sara comentou, por fim.

- E como sabiam? - o rapaz questionou, intrigado.

- Nós, adolescentes, também rendemos cultos aos nossos antepassados e o fazemos aqui no Bosque das Predições.

- Muito, mas muito complexo mesmo para minha pobre alma juvenil! - o garoto murmurou, como quem entrega os pontos.

- Nada disso! Todo mistério tem sua finalidade, assim como se desfaz quando o desvendamos. Mas é melhor irmos andando. Vamos!

- Você venceu, Sara. De agora em diante, será minha amiga Princesa.

- E você meu amigo Príncipe!

- Está ouvindo? - Mateus indagou, de repente, aguçando a audição.

- O quê?

- O som da fanfarra.

- Ah, sim! A música sempre se alegra com o cantar festivo das decisões acertadas - foi a resposta da menina dos cabelos de ouro.

- Você não é Princesa, Sara. É Rainha! - o rapaz concluiu.

- Às vezes as rainhas estão muito distantes de seu reino, envoltas em preparativos demasiados - a menina suspirou. - Detesto preparativos! Gosto da ação. As Princesas devem agir rapidamente, senão outra ganha o seu espaço. Prefiro mesmo é ser Princesa.

- Está bem, então. Rumo ao Bosque da Promissão! - Mateus concordou. - Fica para o norte ou o sul? Para o leste ou para o oeste?

Assim, conversando, os dois adolescentes puseram-se a caminhar e logo adentravam nos bosques com suas árvores, rios, riachos, bancos, jardins, colunas e construções. Seguiam conversando como dois viajantes, para quem o espaço que atravessavam fosse inteiramente familiar. Viajaram por longo tempo. De vez em quando, suas mãos se roçavam e o calor de um penetrava o interior do outro. Em dado momento, Mateus parou, segurou Sara pelos braços e olhou-a fixamente nos olhos:

- Você é linda! - ele disse.

- Minha beleza um dia vai acabar, desgastada pelo tempo - a garota observou. - Melhor nos apressarmos, do contrário aquele tempo pode chegar mais depressa do que imaginamos.

Mateus não entendeu o sentido das palavras da amiga. Estariam eles ainda no Bosque das Predições? A natureza modificava-se continuamente, à medida que caminhavam. Nosso rapaz chegava à conclusão de que o Principal do vilarejo devia ter sido um grande atleta de seu tempo, uma vez que a caminhada era muito longa para um idoso.

- Pronto. Chegamos! - Sara anunciou, de repente.

- Como é que você sabe que chegamos? Não vejo nada de diferente. Está tudo igual - Mateus observou.

- Ora, é de se esperar que a gente saiba quando chega aonde quer chegar! Sei que chegamos, porque é isso que meu coração me diz, ora essa!

- Pois o meu não está dizendo nada! - o rapaz objetou.

- E você quer mesmo chegar?

- Não sei.

- Quando se duvida, não se pode saber se chegou ou se está para chegar - disse Sara enigmaticamente.

- Você é filósofa?

- Não, eu sou uma menina! E meninas sabem muito mais que meninos! Aprendem desde cedo aonde querem chegar, enquanto os meninos ficam brincando, brincando e custam a crescer!

- Ora essa! Eu já tenho dezesseis anos e você só quatorze - Mateus protestou.

- Eu terei vinte e você dezessete - a amiga contra-argumentou.

- Pois bem, se de fato chegamos, conforme você diz, onde é que estamos?

- No portal do Bosque da Promissão!

- Então, eu exijo que o Portal apareça, para que possamos passar por ele - o rapaz declarou com ar de deboche, enquanto fitava Sara com um sorriso triunfante nos lábios.

A garota fixava-o detidamente. Aquele menino bem que podia ser o príncipe de seus sonhos. Bem, talvez mais tarde... Agora tinham uma missão pela frente e não podiam tardar. Afinal, as lendas acontecem no tempo certo e, se desperdiçamos o momento, podemos perder as explicações que elas encerram.

- Não brinque, Mateus. Olha! - ela exclamou.

O rapaz levou um grande susto: bem à sua frente, um portal imenso e colorido surgira e, no arco que o encimava, estava uma placa que dizia:

BOSQUE DA PROMISSÃO

Seja bem-vindo tu, que o procuras.

- Está vendo, seu bobo? Chegamos! Agora basta que a porta se abra - Sara provocou.

- Queremos entrar... - Mateus disse baixinho.

Silêncio.

- Queremos entrar! - o rapaz gritou, em seguida.

Novamente o silêncio.

- Não é com gritos que se consegue entrar no Bosque da Promissão, meu amigo - a menina dos cabelos de ouro observou -, mas com delicadeza.

- Como assim?

Naquele momento, Sara encaminhou-se, solene, para o Portal e disse com suavidade:

- Precisamos entrar. É nosso direito!

No mesmo instante, a porta abriu-se de par em par diante dos olhos estupefatos de Mateus. Sara mostrava-se cada vez mais adulta, mais consciente, menos menina e mais divinamente bela. Não só isso, mas também atraente, jovial e adorável. Uma pontinha de ciúmes brotou no coração de nosso rapaz, só de pensar que outro garoto pudesse conquistá-la. Sara conduzia a si própria. Em momento algum ela falara de seus pais. Com certeza os amava e respeitava, mas sabia ser independente e vitoriosa. Vitoriosa e virtuosa. Se assim não fosse, ela já o teria abraçado e beijado, como era comum acontecer entre garotos e garotas da antiga cidade que ele habitara, Mateus pensou. Lá, mal se conheciam, os adolescentes já se agarravam nas praças, nas ruas, nos bares e, quanto mais público aquele comportamento melhor, desrespeitando crianças indefesas e provocando sérias reações íntimas nos adultos e idosos que por eles passavam. Corpos jovens, dinâmicas favorecidas. O repasto era livre, a responsabilidade ficava nos escaninhos das inconsequências. Quantas vezes ele próprio agira daquela maneira antes de conhecer Mariana, o rapaz reconhecia agora, em silêncio, e se teria portado da mesma maneira com ela, caso a mudança de cidade não tivesse acontecido. Agora estava a sós com Sara num bosque deserto e observava a garota plena de sabedoria.

- Que menina é essa? - ele perguntava a si mesmo, no silêncio de seu coração.

5. TRANSPONDO O PORTAL

A DOCE VOZ DE Sara convidou o reflexivo Mateus a voltar à realidade. Fosse ela quem fosse, aquele não era o momento adequado para buscar entendê-la. Com certeza, a garota trazia em si grandes temas para discussões e debates. Nosso rapaz acreditava que até mesmo os adultos, que costumam não acreditar na força e na capacidade dos jovens, por não saberem ao certo quem são nem de onde vêm, haveriam de concordar com ele. É sabido que grande número de pessoas mais velhas costumam taxá-los, os adolescentes, de nascidos ontem, mal saídos das fraldas, incompetentes e incapazes de discernir e opinar de maneira consistente. Mateus tinha visto isso na casa de Hugo, colega de sua antiga cidade. O garoto, já com quinze anos de idade, era o primeiro aluno da turma e, ainda assim, o pai costumava afastá-lo de qualquer local onde estivesse conversando com amigos. Muitos deles eram indivíduos carcomidos pelas rugas da maldade, da intolerância, da sensualidade em níveis perigosos, capazes de levar a quedas. Eram gente de opiniões ultrapassadas e de posturas desastradas, que insistiam em conservá-las. Hugo, todavia, não se deixava intimidar e não desistia de buscar alguém mais velho que fosse coerente e com quem pudesse conversar e trocar impressões acerca do tempo presente, dos costumes sociais que praticavam e das perspectivas de melhoras nos mais diversos aspectos da vida.

- Por que você se preocupa com essas coisas? - perguntara-lhe certa senhora idosa, de cabelos alvos como a neve.

- Porque em mim bate uma certeza - respondera-lhe o rapaz.

- Certeza? - ela indagara, curiosa.

- Sim. Tenho plena certeza de que não nasci por nascer, de que não sou filho de meus pais por acaso e de que cada dia é único e não tornará a se repetir jamais.

A senhora dos cabelos de neve, então, convocara um conselho de anciãos, a fim de ouvir o que Hugo tinha a dizer. Eles postaram-se em forma de meia lua. Cada um dos anciãos tinha em média setenta e cinco anos e Hugo, ali entre eles, apenas quinze. Bastaram quarenta minutos de conversa para que aqueles indivíduos admitissem que, talvez, eles é que tivessem quinze anos e o garoto setenta e cinco.

- Quem é este menino? - haviam perguntado. - É filho de quem?

- Os pais dele são o Libório e a Rinete.

- O quê?! - admirara-se um dos anciões. - Aqueles pervertidos sociais?

- Como é possível que de uma árvore tão podre tenha nascido um fruto dessa qualidade? - outro havia questionado ainda.

As perguntas e comentários prosseguiram. É claro que também a conversação ali era maldosa e baseava-se em julgamentos. Ah, o pernicioso hábito de julgar! Quando, afinal, haveremos de nos livrar dele?

Agora Hugo já devia estar com dezoito ou mais, Mateus calculou. Dava para imaginar o que aconteceria se ele encontrasse Sara? Seria de causar dó ver aquelas pessoas antiquadas, que se autointitulavam sábios e adultos. Era bem verdade que nosso rapaz conhecia venerandos senhores e senhoras, que eram exemplos vivos de solidez e comprometimento. Esses, sim, sabiam educar seus filhos não somente para si, mas para o mundo no qual deveriam viver e vencer. Eram indivíduos isentos de qualquer intenção de transmitir aos filhos suas possíveis heranças falidas, emolduradas por conceitos vãos e mesquinhos. Jamais os obrigariam a fazer o que faziam quando eram crianças e jovens, pois compreendiam que o tempo passa e que cada novo tempo traz, para cada geração, necessidades e propostas renovadas.

- Ah, que bom será quando chegar o dia em que a sociedade passar a pensar e agir dessa forma! - dona Marta, professora do ensino fundamental na escola em que Mateus estudava quando tinha oito anos, pensara alto durante uma reunião de Conselho de Classe. É claro que alguns pregoeiros da pseudossabedoria, entre os quais pais e educadores, quase a haviam linchado pela ousadia de haver dito o que pensava!

Bem, mas deixemos de lado essas questões. O que de fato importa é que Mateus pôde reconhecer naquele momento o quão prodigiosa era sua própria mente, capaz de rever, em tão pouco tempo, fatos e situações há tanto ocorridos.

- Venha, ou o portal pode fechar! - Sara alertou, de repente.

- Agora que cheguei até aqui, quero ver tudo o que há para ser visto neste tal Bosque da Promissão - o rapaz respondeu.

- Pois, então, trate de se apressar.

Ao som da fanfarra, que se podia distinguir bem ao longe, Mateus e Sara, amigos, deram-se as mãos e cruzaram o portal. Uma sensação de bem-estar indefinível invadiu-lhes o ser. Caminharam, então, à semelhança de príncipe e princesa, pelas dependências daquele castelo que parecia lhes pertencer. Não haviam adentrado naquele local mais que uns poucos passos, mas já se sentiam em casa, donos de tudo, conhecedores de todos os recantos daquele lugar.

- Estranho, este recanto me parece familiar - Mateus comentou.

- Eu sinto o mesmo - Sara concordou.

- Será que não estivemos aqui antes?

- Não me lembro.

- Este lugar te dá medo? - o rapaz quis saber.

- Não. Curiosidade - respondeu a garota.

- Você gostaria de morar aqui?

- Não sei. Talvez.

- Não estou certo de que conseguiria.

- Por quê?

- Parece comprometedor demais.

- Pode ser. Será bom conhecê-lo melhor.

Nossos pesquisadores do bosque conversavam baixinho. Murmuravam. No íntimo de seus corações receavam perturbar a harmonia que ali reinava. O espaço era de tal modo gigantesco, que era impossível divisar-lhe os limites, que se estendiam para além do horizonte. Construções surgiam e desapareciam. Tudo ali era impermanente. Tudo requisitava atenção.

- Vê aquela árvore gigantesca ali, Sara? - Mateus perguntou à amiga.

- Onde?

- Ali, bem a oeste - o rapaz indicou.

- Mas não há árvore alguma ali - a garota observou. - O que existe é um pequeno lago!

- Sara, o que há ali é uma árvore. Não vejo lago algum!

Os dois jovens agora apertavam-se as mãos com mais força. Davam-se conta de que viajavam para um continente, onde cada qual via as coisas de maneira diversa.

- Já que você disse que não há árvore ali e, sim, um lago, eu também quero vê-lo, Sara!

Surpreendentemente, a árvore desapareceu e um lago surgiu em seu lugar!

- Pois já que você disse que o que existe não é um lago e, sim, uma árvore, também quero vê-la, Mateus - disse a menina dos cabelos de ouro.

Num instante, a garota deparou-se com uma árvore gigantesca.

- Agora eu vejo a árvore! - ela exclamou.

- E eu vejo o lago - o rapaz constatou, atônito.

Não foi difícil para os dois chegarem à conclusão de que cada um veria o que desejasse ver. Combinaram, então, ver coisas iguais que, ainda assim, acabavam por ser diferentes em seus detalhes, uma vez que o observador sempre interfere no fato observado.

- Ah, Mateus, capricha um pouco mais na varanda da casa - Sara pediu. - Está torta, não percebe?

- E para que tanta cortina, Sara? - o rapaz protestou. - Cortinas demais escurecem o ambiente interno e casa escura mete medo!

- Você não percebe que as cortinas enfeitam o ambiente?

- Da mesma maneira que varandas muito certinhas atraem marimbondos, que ali fazem suas casas!

Nossos engenheiros e decoradores acabaram por se divertir um bocado com suas construções eivadas de masculino e feminino, onde uma ideia jamais se justapunha à outra e, desse modo, começaram a entender de diversidades. Concluíram, assim, que por mais amigos que fossem, que por melhores os desejos e ideais que nutrissem, seriam eternamente diferentes, singulares e que as singularidades é que fazem acontecer a vida e tudo de belo que nela existe.

- Sara. Somos diferentes - Mateus comentou.

- E o mais interessante é que somos diferentes numa só pessoa - disse Sara.

- Como assim?

- As pessoas se mostram pelo que são e pelo que querem, não é mesmo?

- Sim, amiga.

- Pois bem, somos pesquisadores do Bosque da Promissão e queremos entendê-lo por inteiro, certo?

- Sim - Mateus concordou.

- Então, agora somos absolutamente iguais e, ao mesmo tempo, diferentes em nossos detalhes relativos ao ser e ao querer.

- Está me dizendo que você verá o bosque de um jeito e eu de outro?

- Possivelmente.

- E depois?

- Depois juntamos nossas visões e nos enriquecemos mutuamente com elas - a garota concluiu. - Vivemos num mundo onde cada qual pode tornar a vida do outro mais abundante. Entendeu?

- Isso quer dizer que se virmos tudo igual, as coisas não terão graça e tudo vai acabar num conto da carochinha.

- Exato! Os debates que surgirem daquilo que virmos de modo diverso é que irá fortalecer, cada vez mais, nossos laços de eterna amizade.

- Desse modo, se estudarmos nossas diferenças ao invés de contestá-las, ficaremos cada vez mais ricos de conhecimentos e enriquecidos de amizade!

- Acho que foi por isso que Deus não criou um mundo para cada um de nós. Ele criou cada mundo para uma porção de pessoas, onde, por suas singularidades e diferenças, pudessem enriquecer-se mutuamente, tornando amigos todos os relacionamentos.

Mateus estava muito feliz. Aquela conversa penetrava em seu ser como algo diferente e de grandes conteúdos.

- Sara, por que encontrei você? - ele indagou.

- Na certa porque temos que fazer alguma coisa juntos, algo que será necessário ao nosso crescimento como indivíduos.

Repentinamente, um som se fez ouvir, chamando a atenção de nossos adolescentes:

- Você ouviu alguma coisa? - o rapaz perguntou.

- É um sino - Sara identificou.

- Isso mesmo! Se agora ouvimos igual, significa que deve existir mesmo alguém badalando um sino.

Para a surpresa de Sara e Mateus, de uma pequena saliência do solo surgiu, repentinamente, um camponês. Vinha de um tempo remoto, da Idade Média, e trazia nos braços uma enorme peneira repleta de grãos. Ele fixou os dois jovens com graça e gratidão.

- Então vocês é que irão me libertar? - ele perguntou, aproximando-se deles.

- Libertar? Ora, pelo que vejo você não está preso! - Mateus observou.

- Ah, meu amigo, você não sabe o que é ser livre e, ao mesmo tempo, estar preso nas dobras do tempo! Quisera eu ser como vocês, que podem andar livres pelos Bosques de Crescência... - murmurou o camponês com um suspiro.

- Então você está preso no Bosque da Promissão? - nosso rapaz interpelou.

- Não. Não é isso. O Bosque da Promissão é a síntese. Eu sou apenas a promessa que não deu certo e que se perdeu por aí!

Mateus e Sara se entreolharam. A coisa ia ser muito mais complexa do que tinham imaginado.

- Se quisermos mesmo continuar nossa viagem, teremos que deixar definitivamente para trás nossa infância - o garoto concluiu.

- Perfeito, amigo. Perfeito! Concordo com você - a adolescente aquiesceu.

- Estão vendo ali, ao longe? - o camponês indicou com a mão. - Lá existe um armário onde se guardam as infâncias. Vocês devem ir até lá!

Sara e Mateus agradeceram a orientação e caminharam decididos em direção ao armário, depósito das infâncias. Lá chegando, tiraram de si a carga infantil que carregavam e colocaram-na em cabides ali existentes.

- Precisaremos voltar aqui para buscá-las, quando formos embora? - o jovem perguntou.

Sara mal tivera tempo de esboçar uma resposta, quando um aprendiz de sábio surgiu:

- Sempre levamos conosco os cabides de nossas infâncias - disse-lhes ele. - São elas que enchem de graça nossas vidas. Num momento somos reis e rainhas, noutros súditos e súditas, noutros ainda escravos de nossas próprias imperfeições.

O aprendiz deu um leve sorriso. Então, fechando a porta do armário, colocou-se como guardião daquele templo.

- Agora devem ir - o aprendiz de sábio falou. - Por um tempo serão apenas adolescentes, prontos para aprender.

Nossos viajantes dos bosques sentiram-se, de súbito, muito diferentes. Não tinham mais vontade de brincar com as palavras, a vida e as coisas que os rodeavam. Não tinham mais vontade de gritar, dar risadas, dizer mentirinhas, fazer xixi na cama ou pirraças. Sentiam-se proto-homem e mulher. Não conheciam ainda aquele universo, mas sentiam-se prontos a penetrá-lo. Por vezes, a insegurança os assombrava; noutras, uma vontade muito grande de se libertarem quase os fazia voar, feito pássaros libertos. Às vezes sentiam fome em demasia, noutras excessivo cansaço. Queriam dormir ou não, andar pelas madrugadas enfrentando os perigos ou se aconchegarem ao colo materno, à semelhança de recém-nascidos. Num momento desejavam mostrar-se como fortes vencedores, no seguinte, uma pergunta abusada, quase sem resposta, gritava dentro deles:

- Quem sou eu? De onde vim? Pra que estou aqui?

A casa parecia desarrumada, sem graça e sem harmonia. Noutras vezes a mesma casa exigia que se chorasse, risse, cantasse, falasse incontidamente ao telefone, ouvisse músicas exageradamente batucadas num som alto, estridente, que quase lhes estourava os tímpanos. Exigia que dançassem, nadassem, pulassem, beijassem e praticassem o sexo-instinto, sem graça nem sentido, sem respostas nem responsabilidades. Noutras vezes os abatia, arrependiam-se e desejavam que nada tivesse acontecido, que fosse tudo um sonho. A busca do outro ou da outra era quase uma imposição. A seleção se fazia, os corpos se buscavam. A escola era quase que imposta. As brincadeiras dos pátios entravam para as salas. O professor atraía a professora também, as matérias borbulhavam, queriam espaços e quase sempre eram rechaçadas, para serem, depois, buscadas intempestivamente. Noutras vezes eram amigas inseparáveis, companheiras de noite e de dia. Havia brigas, disputas ou não, onde os ethos se pronunciavam com galhardia ou covardia. Era enfim, o momento da arrumação.

Sara e Mateus não estavam isentos desses balanços, às vezes agradáveis, outras não, à semelhança da montanha russa a um tempo desejada e temida, agradável e tormentosa. Uma coisa, porém, era certa: caminhavam destemidos. O mundo lhes pertencia. Dele, eram senhores.

As mãos abandonavam a postura suave, assumida de início, e os braços movimentavam-se como os de quem maneja um remo em meio ao Mar Mediterrâneo. A batida do marcador na proa do barco era imprescindível, da mesma forma que a condução do maestro é necessária aos músicos de uma orquestra. Sara e Mateus prosseguiam ligeiros. Os cabelos louros da garota esvoaçavam, colorindo os espaços, impregnando-os com sua cor, enquanto o peito arfante de Mateus enchia de fortaleza a natureza cândida. A cada passo cresciam um pouco mais, à semelhança de mutantes que deixassem as sementes, a fim de alcançar as copas.

- Pronto. Chegaram - informou-lhes o aprendiz de sábio número dois. - Agora podem entrar.

Forte música se fez ouvir, então, e outro portal se abriu, deixando entrever imenso campo, salpicado de harmonias multicores, que atraiu a atenção dos jovens caminhantes.

- É por aqui. Vamos!

6. PEQUENO BOSQUE DA UNÇÃO

Os passos de Mateus e Sara tornavam-se mais contidos, ao vislumbrarem formas que faziam-se e desfaziam-se, à medida que caminhavam. Eram praças, aquedutos, parques, escolas, jardins, moinhos de vento, ginásios esportivos e mais uma infinidade indefinida para aqueles olhares incapazes de abraçar tamanha diversidade.

- Estamos sonhando, Sara? - Mateus indagou, atônito.

- Não, estamos apenas caminhando - a menina respondeu.

- Para onde?

- Para a Terra sem Nome.

- Tem certeza de que o caminho é este? - o rapaz quis saber, vacilante.

- Tenho certeza que este é *um* caminho - a amiga respondeu com segurança.

Aves canoras surgiram, entoando melodias orquestradas por seus cantos felizes. Voavam em círculos, saudando os visitantes recém-chegados. Mateus, amedrontado, ou masculinizado, achou por bem enlaçar os ombros de Sara.

- Somos amigos, lembra-se? E amigos não andam assim - a garota lembrou.

- Perdoe-me. Num outro dia e num outro lugar, haverei de me

comportar como amigo – o jovem falou. – Agora, porém, deixe-me ser como sou e fazer o que julgo certo.

Recatada, Sara catalogou o gesto de Mateus como sendo uma demonstração de simpatia em grau mais elevado.

– Está bem – ela se limitou a dizer.

Assim caminharam nossos adolescentes ao longo de inúmeras estradas e opções, que surgiam a cada passo. Já não temiam a jornada. Respiravam fundo, olhos postos no futuro. Entreolhavam-se, repletos de admiração.

– Somos desbravadores, Mateus! Você entende isto? – Sara observou.

O rapaz, contudo, permaneceu em silêncio: estava imerso em algum pensamento, pescado nos arquivos de um ontem. Sara tomou-lhe a mão, que repousava sobre seu ombro. Àquele toque suave, Mateus tremeu e experimentou um arrepio.

– Será que esta menina está mudando de ideia? – ele pensou, sem nada dizer.

A garota não percebeu, ou fez de conta que não percebia as reações do amigo. Respeitando o direito dele ao silêncio, deixou-se absorver, igualmente, por algum pensamento futuro, que insistia por instalar-se em sua casa. Aquelas caminhadas em busca de algo costumam levar um tempo, que o tempo daquele lugar não conseguia contar. Assim sendo, Mateus e Sara esqueceram-se de que eram filhos de pais e mães terrenos e caminharam rumo a um céu, cujas portas se lhes abriam de par em par.

– Chegaram! – anunciou uma voz, a um tempo doce e enérgica, suave e penetrante.

Naquele momento, desenhou-se magnífica gruta. Seres alados, nem homens, nem anjos, salpicavam-lhe o entorno em graciosas coreografias. Os pássaros canoros foram substituídos por pequenos dinossauros amigáveis, sorridentes e nada assustadores. O maior deles ordenou a nossos adolescentes que tomassem suas posições e, como num grande concerto, num grande teatro, fez surgir violinos, violas, flautas, oboés, violoncelos, tubas, percussões, enfim, todos os instrumentos adequados a momentos solenes. Uma canção jamais ouvida por ouvidos humanos começou a ser executada. Mateus e Sara, contudo, identificaram-na prontamente e sorriram, enquanto seus corpos se achegavam mais. Parecia-lhes a coisa mais natural do mundo que existissem dinossauros músicos, que abriam espaços para a grande solenidade, que estava por acontecer.

As canções sucediam-se no compasso daquele estranho tempo, que não tinha horas. Todos ali presentes lhes eram familiares.

- Como é possível? - perguntou-se um garoto que lia esta história, deitado de bruços em sua cama, no quarto de uma casa, localizada no bairro de uma cidade grande, como muitas que conhecemos.

- Muito fácil - respondeu-lhe a voz de seu coração. - Os dinossauros estão executando músicas, que são a síntese dos sonhos e vivências desses dois jovens. Por isto eles as identificam e as sentem como suas.

- Ah, sim! - respondeu o leitor atento.

- Mas agora deixe que a história prossiga - a voz que soava de seu íntimo recomendou-lhe com autoridade.

No bosque, assim que as músicas diminuíram de intensidade, a enorme porta que fechava a gruta se abriu, deixando entrever luzes e cores em profusão jamais imaginada pelos jovens viajantes. Um séquito de pequenos homens e mulheres de lá saíram, em graciosos volteios, indo postar-se ao redor de Mateus e Sara, que permaneceram em destaque no centro da roda. Arautos magnificamente vestidos surgiram à porta da gruta com suas cornetas impecavelmente douradas e polidas, entoando o toque real. As aves, os arbustos, os dinossauros músicos, os pigmeus e tudo o mais que havia em torno curvou-se reverentemente. Foi então que nossos adolescentes tiveram uma grande surpresa. O fato é que ambos esperavam que um grande senhor ou senhora, coroados como rei ou rainha, estivesse prestes a surgir à porta da gruta. Qual nada! Era diante deles próprios que os habitantes daquele local se curvavam.

Uma força muito estranha impeliu Mateus e Sara a subirem os degraus da gruta. Tendo chegado ao pórtico, pararam. Mais uma vez, então, os arautos entoaram o toque real. Foi aí que os adolescentes notaram que no alto da gruta, nas reentrâncias daquela arquitetura natural, várias carinhas de anjos haviam sido esculpidas e que, de suas bocas, começava a jorrar uma espécie de orvalho colorido e perfumado. Aquele líquido suave descia em gotas separadas e uniformes, que mais pareciam uma chuva de condões que, ao se aproximarem de nossos nobres viajantes, transformavam-se em pétalas oleosas, salpicadas de luz. Ao penetrar em suas cabeças, aquele misterioso orvalho dava-lhes uma sensação particularmente agradável, impossível de ser descrita. Os adolescentes tinham, agora, as mãos entrelaçadas. Devagar, voltaram-se um para o outro, ficando frente a frente. Foi então que Sara, tomando daquelas gotas com as mãos em concha, bebeu um pouco daquele néctar sublime, que partilhou com Mateus. O rapaz repetiu o gesto da amiga e, tendo recolhido certa quantidade daquela chuva de luz entre as mãos, derramou o precioso líquido sobre o rosto de Sara que, imediatamente, tornou-se iluminado. Em seguida, aproximou-se e beijou com delicadeza aquela face de suave beleza. A garota abriu os braços e trocou com Mateus um abraço que excedia a amizade, para atingir os campos da legítima fraternidade. Sim, ali eram irmãos, sorvendo as delícias que emanavam do Pai. E não tiveram pressa em afastar-se. Em suas intimidades, as luzes se multiplicavam, e os dois jovens seriam capazes de jurar amor eterno naquele momento.

– Sim, fomos todos criados para o amor eterno!

Tendo ouvido esta frase, os amigos-irmãos afastaram-se ligeiramente. Agora era Sara quem depositava o beijo do agradecimento no rosto de Mateus. Os adolescentes voltaram a se dar as mãos e, sorrindo, banharam-se de néctar. Os dinossauros voltaram a tocar, as aves a cantar, os arbustos a emitir o agradável som que o movimento de seus galhos produzia e os pigmeus entoaram um ode em homenagem àquele momento inesquecível!

- Pronto, agora podem ir. Estão ungidos!

Ao ler aquela frase, o leitor de nossa história voltou a se pronunciar:

- Ungidos? - ele indagou, sem compreender.

- Sim, é necessário que sejamos ungidos, para penetrar os portais da adolescência - o coração respondeu em seu peito. - Não vê que saímos da infância? Não vê que agora seremos gente crescida, descobridores do maior universo que existe?

- Nós, descobridores do maior universo que existe? - o leitor indagou, atônito.

- Sim, o universo das nossas possibilidades, das nossas coisas a serem feitas, das conquistas para as quais nascemos.

O leitor achou por bem fechar o livro por um tempo e saiu para caminhar pela rua, pela praça, pelos jardins, em meio a árvores.

- O que procura? - insistia a voz interior, recusando-se a deixá-lo em paz.

- Procuro a minha unção - o leitor respondeu.

- Ótimo! - a voz exclamou. - Tenho um lugar excelente para se ungir. Siga-me!

Nosso leitor adolescente voltou correndo para casa, bebeu um copo de leite, comeu uma fruta que sua mãe havia colocado sobre a mesa e voltou para o quarto. Agora, de novo com o livro na mão, o rapaz acomodou-se, para continuar a conhecer Sara e Mateus no Bosque da Promissão.

7. PORTAL DA LIBERDADE

TODO AQUELE CENÁRIO DESAPARECEU, de repente, como num passe de mágica e, junto com ele, cada um dos personagens e dispositivos cênicos. Sara e Mateus achavam-se agora mais leves e livres para caminhar. Para onde ir, perguntavam-se. Voltar não mais era possível. Afinal, tinham sido ungidos e precisavam seguir viagem. Trocavam olhares e perguntas, pesquisavam o entorno e tudo era nada. Não mais havia elemento algum em que pudessem depositar seus anseios e arquivar seus questionamentos.

Diz o bom-senso que quando estamos no meio do nada, o melhor é prosseguir andando. Se ficarmos parados, o nada pode nos transformar em ninguém. Assim, os destemidos desbravadores resolveram caminhar, uma vez que o movimento é lei universal, que nos cabe cumprir. Os dois adolescentes pensavam ao mesmo tempo e, num repente, faziam os mesmos gestos, enquanto seus pés buscavam novo espaço na relva, na água, na areia do deserto ou nalgum ponto desconhecido. O certo é que seguiam em frente. Não mais tinham as mãos entrelaçadas, nem trocavam abraços. Eram sós e juntos e era preciso que fosse assim. Há momentos em que caminhamos sozinhos, sabendo que ao nosso lado alguém faz o mesmo. Isso conforta e anima. Os sons dos outros cadenciam nossos sons. Os sorrisos, as expressões, as descobertas em comum vêm juntar-se a nós, fazendo de nós um todo, mesmo quando separados. Ninguém deve nascer e permanecer jungido a outrem. Somos almas independentes e, por muito amar, é que mais devemos libertar. Quanto mais amor mais liberdade, quanto mais liberdade maior responsabilidade.

Assim sendo, Sara e Mateus caminhavam por si, independentes e amando-se profundamente. Os destinos de um eram os destinos do outro nalgum momento. Em algum ponto voltariam a se entreolhar e a se tocar, enriquecendo-se mutuamente. A cadência respiratória do outro precisa ser respeitada. O olhar de busca precisa ser direcionado de acordo com os crescimentos de cada pessoa, de sorte que não conseguimos olhar pelo outro. O máximo que podemos fazer é auxiliá-lo com nossa visão, desde que esta seja mais dilatada que a do próximo. Eram estes os princípios que nossos adolescentes vivenciavam naquele momento. Sabiam que estavam próximos um do outro e que, se necessário, estariam prontos a ajudar-se mutuamente. Preferiram, contudo, seguir sozinhos, na direção de alguma coisa.

Em dado momento, Sara começou a cantar baixinho uma música de sua predileção. Enquanto isso, Mateus batucava com os dedos sobre a perna, acompanhando o ritmo de alguma canção que lhe aflorava à memória. Tinham gostos diferentes, o que ficava evidente nas expressões faciais de ambos. Eram, contudo, um e outro, compositores e intérpretes daquele instante, e era bom que assim fosse. Um amparava o outro, sem que para isso fosse necessário que se entreolhassem, que se tocassem, embora vibrassem num mesmo diapasão. Davam-se conta de que possuíam imensas riquezas guardadas nalgum ponto do tudo que eram. A cada inspiração, mais se envolviam daquele tudo, mais se orgulhavam de serem, assim, ricos! A fortuna não buscada, esquecida, guardada, confundida com o ouro do mundo, anseio e busca de fanáticos, violentos, insensatos, insanos. Eles eram ricos, mas, ali, os ladrões não penetrariam jamais. O fato é que todos, sem exceção, são ricos, mas se deixam levar pelas quimeras, pelo ouro que se faz pó, que se faz molécula, átomo, partícula, onda, para de novo surgir, agora como enxofre, metano, chorume...

No quarto de leitura, o jovem leitor de nossa história gritou, boquiaberto e quase chorando:

- Eu também sou rico!

Quando estamos assim, como estavam Sara e Mateus, no meio do nada e em busca de alguma coisa, podemos estar certos de que ela há de surgir nalgum momento. E é por essa razão que as buscas precisam ser pesquisadas com antecedência. O querer é o portal do poder. O pedir do obter. O buscar do encontrar. Tudo, portanto, nos é possível. Valem aí a coerência e os desejos. Tudo quanto adquirirmos ou possuirmos vai ter uma vibração e dela iremos nos impregnar. Assim, se quero o beijo ou o afago do insano, poderei tornar-me igualmente insano. Se desejar o carinho e o respeito do responsável, poderei tornar-me responsável também. Enquanto insano, terei necessidade de purificação. Nesse caso, o cinzel costuma ser a dor nas suas mais variáveis formas. Enquanto responsável, adquiro novos e nobres argumentos e posturas. É tudo uma questão de escolha. É tudo uma questão da lei à qual estou submetido, quer queira ou não. Cada qual, pois, recebe a dor ou a nobreza que anseia.

Sem que se dessem conta, aquelas informações penetravam nas almas aventureiras de Sara e Mateus. Pareciam vir do local onde estavam. Parecia que aquele 'nada' estava impregnado de alguma coisa invisível aos olhos e essencial ao coração, como haviam dito a certo Pequeno Príncipe, certo dia. Seriam, por acaso, nossos jovens amigos uma nova versão da celebrada história? Não importa. Eram eles, sós e juntos, iguais e separados. Independentes. Fecharam os olhos e prosseguiram, andando. Por muito tempo caminharam de olhos fechados, permitindo que seus desejos de descobertas os levassem aos nichos aguardados. Por muito tempo ficaram assim: aos olhos externos, via-se Mateus e Sara, alternando suas vestes, que se modificavam. Ora eram túnicas, ora jeans, ora trajes antigos nos salões do passado... Suas cores alternavam-se, igualmente. Seus cabelos ficavam loiros, pretos, castanhos, brancos, como a recordarem vivências noutros pontos, noutros sítios, noutras possibilidades.

No quarto de leitura, nosso leitor perdeu-se em devaneios.

- Ah, eu queria ser o Mateus e ela, a Sara! - suspirou ele. Afinal, existe sempre um alguém nos sonhos adolescentes.

Em Crescência, nossos heróis tocaram, enfim, alguma coisa sólida. Abriram os olhos. Diante deles erguia-se outro imenso portal. Ao alto, uma rústica tabuleta dizia:

"Portal da Liberdade – Entre sem bater".

Como seria de se prever, os jovens cruzaram o portal e, lá, uma visão alucinantemente bela surgiu-lhes aos olhos cansados do nada: eram platôs, cada qual com singular estrutura. Assemelhavam-se a placas reluzentes, feitas de prata. Compondo cada platô, havia a sedimentação dessas placas. Era como se, com o desgaste da de cima, surgisse uma nova placa em baixo, como um camaleão, alternando sua aparência externa. As placas pareciam não ter fim e, acima de cada platô, grupos de pessoas aguardavam ansiosos pela visita de alguém. Postavam-se, solícitos, para receber aqueles que viessem e encaminhá-los aos demais departamentos daquele portal. Os platôs reunidos eram doze e formavam uma grande e única placa, que se estendia, multiprojetada. Somente visões dilatadas poderiam alcançá-las. Misteriosamente, a visão de Sara e Mateus se havia dilatado, de maneira que podiam ver tudo e aprender com tudo que havia surgido daquele 'nada' anterior.

- Uma placa de cada vez - a garota disse ao rapaz, como que tomada por estranha energia, que fazia dela pitonisa de algum deus oculto.

- Esta, então - o jovem apontou, à semelhança de Zeus em seu Olimpo supremo.

- Sim - Sara concordou.

Caminharam lentamente pelo entorno da placa. Foi quando um elevador os levou até o ponto mais alto daquele platô. Lá se encontravam reunidos muitos professores, envolvidos com os seus materiais didáticos e prontos a ministrarem uma aula imortal, inesquecível. Duas carteiras confortáveis foram oferecidas aos nossos jovens amigos, de novo alunos numa escola. Ambos puderam observar, então, que os professores se movimentavam em círculos, como num ritual de buscas. Em determinado instante, um deles, talvez o escolhido por alguma divindade oculta, postou-se diante do jovem casal, enquanto os outros professores iam descansar, talvez na sala a eles destinada. O professor escolhido disse-lhes, então, solenemente:

Amar é o verbo primeiro, pioneiro, principal. O mal foge atemorizado diante do gesto bom, que vem com o amor tão puro.

Rimar é o prazer do adolescente.
Rimar amar com Encontrar.
Querer com Permanecer.
Chorar com Nunca se separar.

O adolescente é uma rima que combina com o amor de Deus, pois que ambos amam a vida e exploram as descobertas.

Sejam adolescentes felizes.
Sara, seja sempre Miss Universo.
Mateus, seja sempre Master tão forte,
E que a beleza e a força possam conduzi-los a Deus.

O professor assentou-se em alguma cadeira, ao alto, e olhando fixamente para Sara, de quatorze anos, e para Mateus, de dezesseis, concluiu sua aula:

Não há adolescente sem Deus.
E Deus, com certeza, confia em seu belo jardim!

Um festival de alegria inundou o lugar. Todas as placas daquele platô aplaudiram aquele homem antigo, de saber escondido nas dobras das rugas. Nossos viajantes dos bosques entreolharam-se para, em seguida, fixarem o professor, pedindo-lhe que repetisse a aula.

- Não meus alunos - o mestre falou. - Muitas outras aulas lhes serão ministradas. Aproveitem bem o tempo de cada uma.

Os jovens tornaram a se entreolhar. Em seguida, sorriram e se acariciaram com a carícia que adolescente algum jamais havia feito em outro ou outros, antes daquele momento. A carícia era de tal modo pura, que de suas mãos desciam feixes de luzes, que imitavam as cores do arco-íris.

- Eu sou menino e você é menina e nos respeitamos feito vovô e vovó, que se amam apaixonadamente aos noventa e oito anos! - Mateus disse, então.

- E nossos cabelos nem são brancos e nossas peles são lisas! - observou Sara.

Naquele instante, do outro lado da história, o jovem leitor fechou os olhos, imaginando-se no local em que se encontrava nosso jovem casal. Suas lágrimas, agora, venciam a resistência dos olhos e rolavam feito o orvalho da unção.

Em Crescência, Mateus e Sara foram acordados pela presença de uma engenheira que se mostrava amigável e, ao mesmo tempo, senhora de importante cajado, sobre o qual se havia debruçado ao longo de suas experiências. A menina de cabelos de ouro cutucou de leve o amigo:

- Vamos prestar atenção, porque eles não repetem aulas - ela disse baixinho.

- Psiu... Eu já sei. Silêncio! Vamos ouvir - pediu Mateus.

A professora engenheira fixou os dois jovens com ternura para, em seguida, contar-lhes uma história que se havia passado com ela num tempo distante:

- Sempre de madrugada - a mestra começou -, meu primo Camilo acordava e corria para o jardim, que ficava debaixo da minha janela. "Que cor é aquela?" ele perguntava ao fantasma andante da noite. Pela manhã, Camilo dormia. Não bebia os raios cálidos das manhãs daquele lugar. Eu sempre queria perguntar ao meu primo sobre a história da cor – a engenheira suspirou. – Um dia Camilo me falou:

Sabe priminha querida,
não se assuste pelo que vou falar.
Lá, no coração dos meninos,
Existe uma bela semente.
Um dia ela cresce e tem uma cor.
Cor tão azul. Azul que nunca se esquece.
Pois que o azul é a cor preferida do adolescente.

– Azul? eu perguntei ao Camilo naquela ocasião – a professora prosseguiu. – Sim, ele respondeu. O adolescente vive nas nuvens!

Inesperadamente, a mestra sumiu. Olhando para si mesmos, Sara e Mateus notaram que estavam vestidos de azul. É claro! Afinal, eram adolescentes e as nuvens existiam, sem dúvida alguma, na altura de seus sonhos de ser, acontecer, realizar... E começaram a sonhar:

– O que serei? Onde serei? Com quem serei? – ambos se perguntavam.

– Nem sempre o adolescente pode viver apenas de sonhos – lembrou uma voz grave e penetrante, despertando-os.

Era uma princesa que lhes falava agora. Outro momento estava prestes a ser vivenciado:

– Eu andava no carro do meu pai. Sim, as férias haviam chegado – disse a nobre personagem. – Malgrado minha vontade, eu tinha que ir para a praia. Até então, ir à praia tinha sido meu passeio favorito. Mas, naquele tempo, estado novo, o que eu preferia mesmo era ficar bem, só e em casa – a princesa suspirou. – Mas quem comandava era meu pai e eu tinha que obedecer. A casa da praia era grande e muitas mãos eram necessárias para manter a limpeza... E minhas mãos, embora contra minha vontade, somavam-se a tantas outras presentes - a jovem manteve o olhar perdido na distância, antes de prosseguir com a narração. - Tantos dias se passaram... Armaram a pescaria.

Houve jantares, peixes variados, sorvetes bem à vontade. Nada disso me entretinha. Tudo que eu mais queria era a minha casa, meu lugar, meus retratos, minhas coisas, meu refúgio, meu ursão! - a princesa encarava, agora, nossos adolescentes. - Foi quando me descobri! Não era mais a criança que dança a canção infantil. Eu era moça, menina grande, sonhando com a vida, com tudo... com ele... Sim, eu estava amando!

A nobre personagem permaneceu ali, enquanto Sara levantava-se, para andar sem pressa pelos arredores. Fez-se respeitoso silêncio.

- Será que Sara ama alguém? - Mateus se perguntava. - Por que razão teria essa princesa mencionado suas intimidades femininas? O que tais confissões podem ter despertado no coração de minha amiga?

Não era difícil perceber que o rapaz sentia agora uma pontinha de ciúmes de algum fantasma escondido no coração da garota. Naquele instante, suas convicções de amigo eterno se confundiram com as do amante eterno. Ele teve que ser forte para não gritar. Foi quando a princesa-educadora, prestes a se retirar, falou-lhe com brandura:

- Respeitemos os corações, Mateus - disse ela. - Você também possui um, lembra-se? Sara está apenas crescendo, virando moça, menina grande!

Minutos mais tarde, um aprendiz de professor, quase tão menino quanto nossos viajantes dos bosques, surgiu de entre as placas. Como um revolucionário de consciências, subiu à tribuna ali colocada e, aprumado, elevou aos céus, com fidalguia, sua retórica inflamada:

- Eu fico mesmo é pensando em quem não se atualiza. O tempo passa, ficam velhos, trazendo em si sequelas tão tristes. Há velhos que não suportam a presença do adolescente. Dizem que são baderneiros, coelhos que se multiplicam e enganam com pelos macios - o rapaz franziu as sobrancelhas. - São ranzinzas, esses velhos! Coitados, são desajuizados... Acho mais, são invejosos, queixosos da vida que se foi. Um idoso nobre, que ama o adolescente, faz-se jovem também! Que transmitam, pois, a nós, os jovens, a experiência que têm! - o aprendiz de professor agora arqueava as sobrancelhas. - Quem sabe, ensinando, aprenderão, fazendo e amando o adolescente de hoje, que será o adulto de amanhã. Desse modo, estarão melhorando este país, enriquecendo a nação, sobretudo se os indivíduos mais experimentados na vida ajudarem os mais jovens a todo o momento, com seu conhecimento - o rapaz agora gesticulava, entusiasmado. - Adultos, envolvam-se conosco, os jovens. Façam-se felizes conosco, espantando seus tristes tormentos e acreditando num belo futuro!

Aquele aprendiz estava muito certo. Permaneceu ainda por algum tempo naquela tribuna, como se confabulasse com uma plateia invisível. Sara e Mateus entreolharam-se e resolveram conversar um pouco, antes que outra aula, audiência ou explanação, vinda não se sabe de onde, pudesse acontecer.

- Seus velhos são ranzinzas, Sara? - nosso rapaz indagou. - Pegam muito no seu pé?

- Eu procuro entendê-los - a menina respondeu.

- Pois eu não consigo! Quando um deles aparece ditando normas, tenho vontade de sair correndo para bem longe.

- Mas devemos ouvi-los, Mateus!

- Acontece que o tempo deles é outro. Somos jovens, outra geração, outras possibilidades.

- Concordo com você - a garota admitiu. - Todavia, existem vivências por trás dos cabelos brancos, que precisamos avaliar. Coisas que ainda não sabemos. Estou com quatorze anos e você com dezesseis, vemos o mundo do nosso jeito. Mas como será com quem já está com cinquenta, sessenta ou mais? Eles vivem no mesmo mundo que nós e, com certeza, conhecem melhor as intrincadas convenções que existem por aqui.

– Tudo muda, Sara – Mateus observou.

– Sim. Contudo, mudanças necessitam planejamento. Planejar caminha lado a lado com pesquisar. Não podemos esquecer de que as pesquisas são feitas nos arquivos, nas memórias, nos laboratórios, nos conhecimentos. Concorda?

– Quer dizer que ainda não somos nada?

– Não foi isso que eu disse! – a jovem exclamou. – Somos continuadores. E um dia surgirão aqueles que darão sequência a nossas obras. São os ciclos, entende? Cada ciclo tem estágios preparatórios de execução e finalização. E nós, os adolescentes, estamos no ciclo preparatório. Afinal, quem é que nos prepara?

– Aqueles que estão nos ciclos da finalização – Mateus aventou.

– Ou mesmo nos ciclos da execução – complementou Sara.

A conversa entre nossos viajantes dos bosques prosseguiu. Enquanto isso, do outro lado da história, o leitor se empolgava com o assunto que eles discutiam. Fazia tempo que ele andava às turras com um tio, que insistia em morar em sua casa. Era um daqueles tios velhos, que gostam de impor teorias, coisa que o garoto não apreciava nem um pouquinho. Preferia ouvir suas músicas, curtir sua turma e sair para fazer nada. E o velho tio ficava falando, falando...

O leitor prosseguiu com suas reflexões por mais alguns instantes. Enquanto isso, no platô do Portal da Liberdade, Mateus e Sara permaneciam envolvidos em animada conversação e o aprendiz de professor descia da tribuna. Depois de algum tempo, nossos jovens se calaram. Era hora de esperar pelo próximo orador. Quem seria ele? Já tinham ouvido um professor, uma engenheira, um aprendiz, uma professora e uma princesa. Aquele local era mesmo rico de possibilidades e seus moradores deviam ser muito disciplinados. Afinal, bastara que Mateus e Sara penetrassem nas placas, para que eles surgissem espontâneos e sábios em suas atribuições.

– Filhos, ouvi-me – falou, então, um pai: – Decididamente, o adolescente não mudou. Existem diferenças, sim, no campo das opções.

Contudo, as paixões que embalam o nascer continuam sinceras, em veras nuanças do amar. O amor é o hino do adolescente! Ele o busca e se encontra. É através do amor que ele levanta os véus da inocência primeira e se torna inocente, experimentando, concluindo, querendo. O adolescente necessita do amor dos pais, da sociedade... Precisa ser protegido da maldade de mentes hostis – o homem respirou fundo. – Eu sempre digo: – Ame o adolescente. Isto é urgente! Acalente, com ele, seus sonhos. Seja amigo, companheiro leal, à semelhança do sol que nunca se cansa.

A voz pausada daquele pai aqueceu os corações de Sara e Mateus. Ele era o pai que todos queriam ter. Um pai consciente, conselheiro, acolhedor. De um salto, os dois jovens correram em direção ao pai, que abraçaram num gesto de pura e inocente gratidão. Permitiram-se chorar, trocaram sorrisos, afagos, apertos de mão, abraços. Em seguida, então, aconchegados ao peito do pai, ambos dormiram por um instante e sonharam o sono do futuro: um sono de paz, de casa concluída, de intempéries vencidas, de lar, de altruísmos perante dificuldades.

Uma música suave tocou e, emocionados, os adolescentes e o homem foram se afastando lentamente.

– Contem comigo – disse este último. – Vocês me ensinam a ser um bom pai.

Pela primeira vez, Sara tocou as faces de Mateus como quem toca as faces de um pai. Seria ele o pai de seus filhos?

Nossos viajantes do platô estavam felizes. Tudo, ali, era ensinamentos, possibilidades. Surgiu, de repente, uma colher de pedreiro. Quem viria atrás? O pedreiro, é claro! Era um homem de meia idade, um pouco calvo, de mãos calejadas e em cada uma de suas células estava registrada a história de uma casa construída. Vestia-se com simplicidade e asseio. Cheirava a pó curtido na pele, um cheiro de vitória, de várias realizações concluídas. Era amigável, porém, grave. Não perdia tempo. Entendia a preciosidade de cada minuto, pois, se quisesse de fato concluir a obra, tinha que aproveitar enquanto havia luz. E sempre há luz para aqueles que desejam concluir suas boas obras.

- Não, por favor, não faça isso! Mas eu quero, e daí? - o pedreiro iniciou sua fala, olhando para o vazio, como quem busca ouvintes distantes. - Como é triste a juventude que não embala a virtude de ser casta como o céu!

No quarto de leitura, na grande cidade, nosso leitor soltou um leve gemido.

- Tudo acontece na hora certa - o pedreiro prosseguiu. - A adolescência ainda é inocência. Não interfira na verdade! As faces róseas. O corpo escultura. A moldura que faz os cabelos. O olhar, o vaguear, são coisas da adolescência - o pedreiro soltou a voz e cantou: - A cama do adolescente é veludo permanente, onde se aconchega a flor. Flor... Ternura flor...

Em seguida, em tom de súplica, o homem ajoelhou-se aos pés de Sara e Mateus.

- Por favor, humanidade - ele conclamou - um pouco mais de caridade com os moços, meninas-moças. É preciso ensinar-lhes o bom caminhar... - o pedreiro-construtor levantou-se lentamente, ergueu os olhos para os céus e reflexionou, numa prece:

Deus no supremo infinito,
anota os atos da gente.
De repente, na sua casa,
pode surgir um adolescente!

Diversas coisas, então, começaram a surgir. Eram casas, igrejas, escolas, parques, jardins, teatros, prédios, lojas, shopping centers, templos diversos, construções variadas.

- Venham! - o pedreiro chamou.

Sara e Mateus deram as mãos ao homem e caminharam com ele por entre as numerosas construções recém-surgidas.

- Vejam. Eu construí. Agora serão vocês - ele disse.

- Ajuda-nos - pediu Mateus.

- E não morra, por favor - murmurou Sara, súplice.

- Não vou morrer - o pedreiro respondeu. - Vou me transformar. Veja minha sedimentação. Sempre surgirei melhor.

Com um gesto, Mateus transformou a casa numa outra muito mais ampla e acolhedora. Sara transformou o templo numa linda academia. O rapaz fez do parque um bosque de introspecções. E a amiga... Bem, ela colocou beleza, cortinas e cores em tudo. Os dois adolescentes eram pequenos construtores em busca de seus talentos.

A presença dos sábios é sempre tratada com reserva. Há sábios que sabem que não o são e há aqueles que não sabem que o são. Assim, quando um deles surge, é preciso saber reconhecer quem é quem. Usar túnica, barba, ter cabelos brancos e trazer um cajado pode impressionar os olhos, mas os sentidos somente serão tocados quando a voz se fizer ouvir. Quanto sábio há, por aí, que deveria dormir o sono da transformação!

Na sala de leitura, com o livro nas mãos, nosso leitor gritou, afoito:

- Eu conheço dois! Conheço dois, lá na...

Bem, mas não nos importa, agora, saber dos conhecidos de nosso estimado leitor. Foi bom saber que ele já pode identificá-los. Existem, contudo, aqueles que são verdadeiramente sábios e que nossa gente costuma empurrar para os pelourinhos. Como se junto aos pelourinhos não existissem pessoas capazes de percebê-los e ouvi-los! Os sábios, de fato, não se importam com as injustiças sofridas. O Sábio dos sábios não se importou!

Naquele instante, surgiu a veneranda figura de um desses homens, que temos o hábito de imaginar sempre taciturnos, circunspectos e inacessíveis. Costumamos pensar neles imersos em suas pesquisas, em seus conhecimentos, calados, intocáveis, dando ouvidos apenas a outros iguais a eles, talvez por recearem que o contato com o homem comum venha a entorpecer-lhes o saber. É comum imaginá-los escrevendo apenas para seus iguais, em linguagem cifrada, onde sinônimos substituem palavras conhecidas e de fácil assimilação. Todavia, é importante que partilhem o saber! Mas é possível que pensem que o homem comum que quiser entender seus escritos deva adquirir inúmeros dicionários, inclusive o de grego, latim, hebraico e, principalmente, o inglês, sem esquecer o francês e o alemão... Ah, e, por último, o português, é claro!

E eis que um sábio estava ali, bem diante de Sara e Mateus. Seria ele acessível ou impenetrável? O sábio pensava. Bem isto não era pista. Todos pensam. O sábio coçava a barba. Ora, também os outros o fazem. Ele coçava a cabeça exatamente como qualquer ser humano comum. No fundo, ele não dava qualquer pista de quem era. Seria preciso aguardar até que ele falasse. Nossos adolescentes deram-se conta de que não estavam convenientemente acomodados para escutá-lo e, por isso, correram para suas carteiras. O sábio balançou a cabeça:

- No chão. Assentem-se no chão - ele pediu.

- No chão? - Mateus questionou. - Mas estamos tão bem vestidos!

- Ora, trate de sentar-se no chão e pare de reclamar - Sara reagiu. - Que mania de queixar-se!

Dando o exemplo, a jovenzinha de quatorze anos acomodou-se sobre o solo, buscando encontrar uma posição confortável, no que foi imitada pelo amigo. Estavam, agora, ambos aos pés do sábio.

- Vai começar a pregação - Mateus resmungou.

- Ora, cale-se! Parece um menino que não quer crescer! - protestou a menina de cabelos de ouro.

Nosso rapaz deu um leve beliscão na amiga, gesto esse que mais parecia um pedido de intimidade. Ela, contudo, deu-lhe um tapinha nas mãos, deixando claro que possuía limites. O garoto ficou constrangido. Bem, para dizer a verdade, o que ele sentiu foi mais raiva do que constrangimento. Afinal, queria Sara de qualquer maneira. Já sabia disto e não se tentava convencer do contrário.

- Bem, vamos ao assunto de hoje - propôs o sábio.

Mateus permanecia de cabeça baixa, enquanto ruminava suas mágoas de amor não correspondido. Sara, por sua vez, observava o homem com atenção. Então, inacreditavelmente para alguém de sua estirpe, o sábio também se sentou no chão, ao lado de nossos adolescentes. Surpreso, Mateus ergueu, enfim, os olhos, enciumado. Será que o tal sábio queria Sara, ele perguntava a si mesmo.

- Não da forma que você quer - o homem respondeu.

- Você ouve pensamentos? - indagou nosso rapaz, intrigado.

- Eu apenas ouço você - foi a resposta do sábio.

- Como assim? Nem abri minha boca! - o adolescente protestou.

- Mas abriu seu coração.

- E como foi que você ouviu o que ele dizia?

- Só se alcança a sabedoria, quando se consegue ouvir corações! - explicou o sábio.

Em sua casa, na cidade grande, o leitor teceu um comentário num tom de voz que a vizinha escutou.

- Então esse aí é mesmo um sábio!

- De quem você está falando, menino? - quis saber a escutadora das janelas alheias.

- Isso não interessa - respondeu o leitor. - Vá cuidar da sua horta!

Era evidente que o leitor estava mesmo atento e participava das aventuras de seus heróis adolescentes. Ansioso por saber o que aconteceria a seguir na história de nossos viajantes dos bosques, ele se manifestou, impaciente:

- Fala logo, seu sábio! Por que tanta demora?

Como se tivesse ouvido a reivindicação do garoto, o sábio prosseguiu:

- Bem, vocês vieram até aqui para conhecer o platô e suas placas e isso é ótimo! Muitos nem se preocupam com isto, outros ignoram e há ainda aqueles que camuflam o conhecimento sob variados tipos de disfarce, que mais dificultam do que instruem. O bom é fazer o que vocês estão fazendo: buscando o conhecimento por si mesmos! - o homem comentou.

- Como viemos parar aqui? - Mateus quis saber.

- Por razões diferentes.

- Diferentes como? - o rapaz insistiu.

- Sara veio pela pesquisa, você pelo amor. Perfeito! É assim mesmo, conhecimento e amor são as asas da imortalidade - o sábio observou.

Aquele momento exigia silêncio e o silêncio se fez. A menina dos cabelos dourados levantou-se. Sempre que era tocada pela varinha mágica da verdade, ela saía procurando pela próxima verdade, aquela que vem pelo ouvir, pesquisar, concluir e desejar avançar. Sara foi caminhar sozinha pelas planícies do platô, ou melhor dizendo, consigo mesma. Enquanto isso, Mateus deitou-se e sonhou com ela. O sábio abraçou seu cajado e analisou o céu. Tempos depois, os três voltaram a se reunir.

- O que é ser jovem, senhor? - Sara perguntou ao sábio.

O homem bateu palmas e elementais flutuantes e graciosos surgiram, pondo-se a conversar entre si, por entre volteios e gracejos:

- Tatiana voltava da aula - disse um deles.

- Que aula? - outro quis saber.

- De português.

- Serafim, freguês de seu pai, olhava a doce menina: É fina aquela donzela!

- Noutro dia, bem cedinho, arrumadinho, Serafim esperou Tatiana - acrescentou um terceiro elemental.

- Mas, quem é Tatiana? - o segundo deles indagou, então.

- Ora, não vê? A doce menina!

- Com licença, moça. Tenho algo a lhe falar - nova personagem do grupo colocou.

- A menina logo corou. O que desejava aquele senhor?

- Não lhe farei mal algum - garantiu aquele, que representava Serafim. - Mas me diga, por favor: o que é ser jovem neste tempo? É que tenho dois adolescentes lá em casa.

O elemental que interpretava Tatiana pegou-lhe as mãos, que apertou com ardor e disse:

- Ser jovem neste tempo, senhor, é acreditar no futuro, respeitar nossa vida e ser pura como a flor!

- Serafim nunca mais foi o mesmo - informou nova personagem. - E começou tudo de novo...

Agora, quem se levantava era Mateus. Pensava na antiga cidade onde tinha morado e recordava o velho Zarcão, que também precisava começar tudo de novo. Ficava escondido entre mazelas, tentando seduzir as donzelas. Às vezes conseguia, outras não. Era julgado, absolvido e voltava à velha vida de conquistador. Comentava-se que muitas meninas haviam sido vítimas dele. Embalava-as com doces e pirulitos e depois... Bem, depois, elas tinham todo um futuro pela frente!

- Deixar-se embalar por doces e pirulitos! - as pessoas costumavam comentar, com ar de admiração. - Também, usa roupas decotadas, sandálias baratas e na moda, tem ingressos para festivais, participa de comilanças no restaurante sem brilho, sem higiene. Tem dinheiro para comprar baseados. Lamentável!

- E o que é ser jovem neste tempo? - Mateus perguntou, então, a si mesmo.

- Ser jovem neste tempo, senhor, é acreditar no futuro, respeitar nossa vida e ser puro como a flor! - os galanteadores elementais, que mais queriam se divertir e preparar a vida que estava por vir, repetiram a estrofe.

Ao ouvi-los, nosso rapaz partiu numa desabalada corrida rumo à linha do horizonte. Desejava transpô-la a qualquer custo. O sábio olhou para Sara e falou por entre as lágrimas, que molhavam-lhe as faces belas de tantas verdades:

- Seu amigo está começando a crescer!

O homem levantou-se e afastou-se, deixando a garota sozinha. Ela, agora, procurava por Mateus. Sentia, de repente, uma ponta de saudade. Onde teria ido aquele menino? O tempo foi passando e nada de Mateus aparecer! A menina calculou bem o local onde ficava o centro do platô, assentou-se e pôs-se a orar. Havia aprendido que a prece é a grande companheira das pessoas. Através dela nos conectamos a planos magníficos, que tudo podem fazer a nosso favor. Sara bem sabia que não se tratava da reza apressada, repleta de imposições e barganhas, mas, sim, da prece suave, que inunda de certeza na resposta aquele que pede. Orou, pois queria ter o amigo de volta.

Na casa da cidade grande, o leitor pôs-se a conjecturar:

- O seu adolescente Mateus. Será que é assim que Sara pensa nele?

No bosque, muito tempo se passou até que o menino surgiu. Vinha vestido de menestrel. Era filho, era propagador das filiações. Aproximou-se vestido de cores, fez-se ator elisabetano e deixou que sua voz procurasse ouvidos próximos e distantes, que concordassem com ele ou não. Chamou pelos filhos e filhas daquele platô e eles surgiram. Então, juntos, fizeram a apresentação de uma linda peça teatral que tinha como título 'Que assim seja!'.

Dispostos e marcados por um Principal sideral, deram início ao espetáculo:

Mentir – do verbo: parar.
Esconder – do verbo: falar.
Bagunçar – do verbo: construir.
São conjugações necessárias,
uniões da parte primeira
do compêndio adolescente.

Seja livre como a brisa.
Sorria feito flor, que se abre.
Dê sua mão, encontre outra mão,
não lute contra a verdade.

Só compre o que puder pagar.
Não brigue, usando seu corpo.
Não acalente o mal.
Deixe em paz o sensual.
Sexualidade é para ser praticada
só depois de muito estudada!

Corra, pratique esportes...
Vença e saiba perder.
Querer é força. Saiba direcioná-la.
Busque a Deus como necessário.

Estude, prepare, dance,
Escute o som do coração.
Ame, respeitando o amor
e seja em tudo responsável.

É só isso.
Que assim seja!

Sara levantou-se e aplaudiu generosamente seu companheiro de viagem. Chorou por ele, por seu desempenho e pelos conteúdos que acabara de apresentar.

- Onde aprendeu tudo isto Mateus? - ela quis saber.

- Consegui transpor a linha do horizonte. Quem consegue fazer isso, nunca mais é o mesmo - respondeu um novo Mateus.

- Continuará assim?

- Não sei. Só sei que agora vejo - o rapaz limitou-se a dizer. Era hora de descansar, de se alimentar com os fluidos daquele lugar.

Na casa da cidade grande, o leitor correu à cozinha e apanhou algumas guloseimas que alguém havia preparado. Pegou também um copo do suco de sua preferência. Retornando ao seu cantinho de leituras, fitou o telefone. Lá estava ele, depositado solenemente sobre a mesa, aguardando para ser usado. Tornou a apanhar o livro, deu uma olhadela nas páginas lidas e encontrou o trecho em que a leitura havia sido interrompida. Em seguida, verificou as páginas que ainda teria pela frente. Não queria que a história terminasse! Pela primeira vez em sua vida, estava conseguindo se envolver a ponto de tornar-se parte da história. A narrativa era ele, para ele... Voltando o olhar, avistou Sara e Mateus, que contemplavam a linha do horizonte, naquele bosque de Crescência:

- Quer transpô-la também? - o rapaz perguntou à amiga.

- Não é preciso. Já fiz isto antes - ela murmurou.

- Então está explicado!

- Sim, Mateus, eu venho da linha do horizonte! Já vi além deste mundo - a garota confessou.

- Por que não me disse isso antes?

- Para não tentar convencê-lo a buscar o infinito por minha causa. Cada um por si e no seu tempo.

Sara estava certa! Ninguém pode impor a outrem aquilo que é e o que pensa. As buscas e o tempo de cada um são únicos. Há adultos e idosos que querem se impor às crianças e adolescentes, sob pretexto de os estarem educando. Mas sob que guante educam? Sob a guante de suas verdades? E se elas forem falsas e pessoais? E se estiverem em transição? Nesse caso, poderão acabar por confundir a mente dos jovens. A verdadeira educação deve partir sempre das possibilidades do educando, num multiplicar de talentos. Não existem regras para a educação, exceto a do amor. Gritos, pancadarias, castigos, ameaças, horários rigorosos servem apenas para superestimar o ego daquele que se diz educador, confirmando sua insípida grandeza. O educando cresce através de presenças respeitosas, eivadas de ética e moral, e nunca pelo medo de ser punido. Isto são coisas dos antigos exércitos, pois no futuro todos marcharão em paz para guerrear contra si próprios, cada qual em luta contra seus inimigos íntimos.

Num instante, nossos estimados viajantes dos bosques viam-se perante uma figura materna. Sim, pois sem as mães não se pode viver ou vive-se pela metade, incompleto. Ah, como elas precisam saber disto! Como somos carentes das mães! Já pensou a humanidade sem a presença da mãe natureza? Ainda assim, a humanidade a agride e ela perdoa, buscando sempre novas formas de servir. Precisamos cuidar da mãe natureza, do contrário ela poderá desgastar-se a ponto de não mais conseguir recuperar-se. Aí, será o fim! O fim dos filhos que mataram a mãe. Mamãe é sempre terna, compassiva, companheira. E também sonhadora:

- Hoje, sentada na calçada da minha rua, lembrei-me: faz tantos anos! Há tanto tempo não recordo os dias em que eu era menina e brincava com minhas bonecas.

O silêncio, o caleidoscópio,
o copo de suco na mão.
A cidade das maravilhas,
formosa fantasia, que enfeitava os quatro cantos.

Sim, eu era menina, brincava de amarelinha.
Depois com a linha nas mãos, bordava lindos retratos.
Eu era adolescente, só isso!

Os moços, de mãos nos bolsos, chapéus de lado, ternos de linho branco,
passavam e me olhavam. Eu era apenas menina, mas já sonhavam comigo.

Fui respeitada, também soube respeitar.
Estudei, planejei meu futuro.
Fui amiga, conversei com amigos.
Sobre todas as coisas e com todo o amor,
na mais pura sinceridade.

Depois eu me casei, fiquei feliz, tive filhos.
Mas a menina, pequenininha,
na calçada daquela rua,
nunca saiu de mim.

Hoje eu posso recordar.
É tão bela a recordação!
Dela trago do passado
uma meninice tão pura!

Que bom que eu posso dizer assim.

Sara e Mateus viajaram. Foram até suas casas e repetiram para suas mães o que tinham acabado de ouvir. Elas, entretidas em seus afazeres, pouco ouviram do que eles diziam. Prometeram, contudo, que os ouviriam mais tarde. Não importava. Sempre existem mães prontas para ouvir as expressões dos filhos.

Na sala de leitura, o leitor, que era órfão, exclamou, quase choroso:

- Ah, que saudade tenho da minha mãe!

Mateus e Sara contemplavam, agora, a planície majestosa. Enquanto retornavam ao Bosque da Promissão, não pouparam elogios à beleza daquele lugar em suas conversas. Haviam ido a Crescência num ir e vir no tempo, que correspondia a um piscar de olhos. Encontravam-se, agora, novamente, na planície. Decerto, ela teria ainda algumas lições a lhes transmitir. Já sabiam como ouvi-las e senti-las. Foi então que surgiram sacerdotes, sacerdotisas e um séquito de homens vestidos com as honrarias dos templos. Chegaram, tomaram seus lugares num altar que fora improvisado por mãos invisíveis. Mateus e Sara podiam compreender que o momento era de recolhimento. Era preciso contatar o sagrado! Afinal, haviam aprendido assim e não sabiam ainda que o sagrado está em toda a parte, inclusive nos cantos fétidos das inconsequências, buscando almas perdidas! Eram jovens e, na certa, aprenderiam mais tarde.

O sacerdote maior fez um breve ritual, que nossos adolescentes não puderam compreender, mas que foi perfeitamente entendido pelos acompanhantes daquele religioso. Em seguida, uma canção no estilo gregoriano foi entoada:

Sim, de fato, o tempo passou.
Hoje, parado, escuto o passado.
Dezoito anos. Faculdade.
A verdade me busca e me encontra
no tempo que é bem novo.

Um hiato existe entre o hoje e a infância.
Nele transitei, amei, acorrentei.
As correntes se foram, ficou um elo.
Quero, através dele, unir-me ao futuro.

Eu passei. Cumpri minha parte.
Metade, talvez, de um todo incerto.
Contudo, levo a inocência que ainda tenho.

Aqui eu me amo. Tenho dezoito anos.
Adolescente? Talvez. Minha vida é de luz,
pois em todo este tempo protegi meus passos.
Graças a Deus!

Quem já ouviu o canto gregoriano sabe de sua capacidade de penetrar nas almas. O tom grave das melodias parece ter o poder do trovão, induzindo à necessidade de refletir, de ver e de aplainar. O canto gregoriano foi criado numa época em que os corações tinham extrema urgência de serem tocados pela fé. Pena que tenha sido uma fé imposta! Por essa razão, muita gente experimenta uma vontade louca de sair correndo e de fugir toda vez que ouve esse tipo de canto. Afinal, depois que inventaram o tal do empirismo, doutrina que impõe a comprovação científica para a obtenção de conhecimentos e adequação a eles, tende-se a rejeitar cada vez mais os dogmas. Ainda assim, contudo, é bom ouvir esse tipo de música religiosa. Sabedores das verdades por trás da música, Sara e Mateus ouviram com atenção. Ficaram embevecidos, mudos, inclinados a fazer um ritual de agradecimento, não fosse a mão amiga do sacerdote a dizer-lhes que aquilo não seria necessário.

- Não se esqueçam de que um dia terão dezoito anos e mais. Então, tudo quanto houverem feito, será lembrado para sempre. Serão boas essas lembranças?

Dito isso, o sacerdote, sempre acompanhado por seu séquito, desapareceu nas profundezas da planície. Tinha ido, com seus aprendizes, para um templo, onde haveriam de orar pela humanidade e por cada indivíduo, em particular. Além disso, era preciso que estivessem sempre preparados em caso de necessidade.

Uma princesa havia surgido com graça e lealdade, mas faltava o príncipe. Mateus pensou que daquele modo acabaria enlouquecendo de ciúme! Um príncipe? Essa não! Contudo, a presença do tal personagem se fazia necessária, a despeito dos sentimentos de nosso rapaz.

- Espero que o tal príncipe não seja muito galante - disse o garoto de si para si.

A verdade é que Mateus não suportava a ideia de ver Sara olhando, com interesses outros, para qualquer indivíduo do sexo masculino, de sua faixa etária. Após alguns alegres toques de trombetas, eis que surge, então, a temida figura, saída de uma das placas daquele mágico platô. O príncipe vinha sozinho. Vestia-se nobremente e era muito mais velho que Sara. Decerto, o tal sujeito não haveria de se interessar pela menina, uma simples garotinha de quatorze primaveras!

- Não se preocupe, meu caro! Você também é um príncipe - o nobre disse ao nosso estimado rapaz.

- Eu? - Mateus indagou, sem compreender.

- Sim. Somos todos príncipes e princesas, enquanto o vilão não surge, para impor-nos suas máscaras.

Deus me livre!, pensou nosso rapaz. Jamais toleraria que um vilão se aproximasse de Sara.

- As princesas buscam os príncipes e os vilões buscam as vilãs. Quem é você nesta história? - o nobre perguntou a Mateus.

Do outro lado da história, o leitor pensou em voz alta:

- Quem sou eu? Boa pergunta. Não sei se sou príncipe ou vilão. Como se faz para saber quem se é de verdade?

Como se tivesse podido escutar a pergunta do rapaz da cidade grande, o principesco personagem respondeu:

- Príncipes buscam ter atitudes nobres, permeadas de honradez e dignidade. Vilões buscam disfarces, através de suas máscaras mentirosas.

Sem dar-se conta de que conversava agora com a própria consciência, o leitor tornou a reagir:

- Isso é muito difícil! - ele bradou. - Muito complexo!

No Bosque da Promissão, a história continuava a se desenrolar:

- Nunca desista de buscar seu reinado, que se encontra na criação de Deus! - o príncipe disse, então, a Mateus.

Nosso rapaz agora tinha a certeza de que aquele nobre não estava a fim de Sara. Bem, pelo menos não como namorada, companheira, esposa, ou algo do tipo. Estava ali, decerto, para transmitir alguma lição, originária do reino em que habitava. Com o coração pacificado, nosso garoto convidou Sara para ouvir o que o príncipe tinha a dizer. Afinal, era possível que ele estivesse com pressa, devido a outros afazeres a realizar. O nobre, todavia, não se fez de rogado e pôs-se a falar:

As meninas disputavam. O jogo começara a tempo.

Sabem, as meninas possuem e usam suas táticas certeiras!

Os meninos, sorrateiros, espreitavam.
Os meninos olham, conversam, arriscam muito pouco.
Meninos são mesmo assim.

A praça regurgitava de tanta gente.
Conversas, risadas, trocas de gentilezas.
Uns passavam, outros ficavam.

Roupas novas, velhas roupas. Vestuário preferido.
Calça jeans, blusões coloridos. Roupas desbotadas.
Blusas atadas e peles à mostra.

Num canto da praça, sem graça,
Serginho procurava por seu velho amor trocado,
Malgrado seu coração.

Festa de adolescente.
Ir e vir, encontrar e ficar. Aprender e crescer, sonhar e dormir.
Noutro dia acordar e ver que a vida vai lhe cobrar
os feitos do ontem.
Pois então:
Que faça bem feito agora!

Num passe de mágica, o príncipe desapareceu. Mateus nem sequer teve tempo de se despedir dele. Levantou-se, a fim de procurá-lo, mas Sara segurou-o pelo braço:

– Não percebe Mateus? Ele é um príncipe e príncipes dão seu recado e vão embora. Eles têm muito mais a fazer! – ela disse. – Não ficam dizendo tolices, fazendo juras que não vão cumprir, prometendo o céu, quando tudo que têm a oferecer é a terra ou o inferno! O melhor é entender a mensagem que ele transmitiu. Você se lembra dela?

Do outro lado da história, nosso jovem leitor gritou:

- Eu copiei a mensagem do príncipe!

Enquanto isso, no Bosque da Promissão, Mateus respondeu:

- Eu gravei a mensagem em minha alma. Desse modo, quando um dia eu for príncipe também, poderei repeti-la aos meus candidatos ao principado.

A verdade é que nosso rapaz crescia a olhos vistos! O que seria aquele menino de dezesseis, quando chegassem ao final da viagem?

Inesperadamente, um agênere surgiu, flutuando. Sabem o que é um agênere?

Na sala de leitura, o leitor respondeu prontamente, enquanto coçava a cabeça:

- Não faço a mínima ideia!

Ora, um agênere é um espírito materializado em plena luz, com toda a aparência de um homem normal, em plena transcendência, mostrando que existe luz depois do túnel!

- Então foi isso que Sara e Mateus viram? - o leitor indagou de si para si.

- Sim - respondeu a voz de seu coração. - E nem se assustaram! O medo é fruto do desconhecimento. Mateus e Sara estão conhecendo, são corajosos em buscar a verdade. O medo, obviamente, tem medo da verdade!

- Puxa! - exclamou o leitor.

- Pois é assim mesmo, prezado leitor - disse-lhe aquela vozinha interior.

Mas voltemos à nossa história! No Bosque da Promissão, o agênere seguia flutuando e sorrindo para nossos queridos viajantes adolescentes. Conversava com eles e apontava para um local além das estrelas. Na certa, falava sobre seus irmãos e irmãs, que lá habitam e que nos querem com eles.

Mais uma vez, o leitor voltou a se manifestar, na sala de leitura:

- Mas isso pode ser possível?

- Pois acredite que é assim que acontece - sua voz interior tornou a se manifestar. - Ou você acha que fomos criados para vivermos envolvidos em brigas, guerras, paixões desastrosas, ciúmes, sexo desgovernado, ódios e outros atrativos infelizes, que os vilões sempre costumam buscar? Nada disso, meu caro. Somos filhos das estrelas e para elas haveremos de retornar. Delas saímos simples e ignorantes e haveremos de retornar sábios e virtuosos.

- Caramba! Mas vai demorar muito? - o leitor quis saber.

- Isso vai depender de cada um. Só quem já é príncipe pode saber o tempo que falta. Quem brinca de vilão, nem imagina e nem mesmo acredita que é assim que as coisas acontecem.

Naquele momento, as coisas começavam a ficar diferentes e o leitor conversava, agora, com o narrador da história. Além disso, agora ele passava a entrar na história também. Por que será que ele conseguia fazer isto?

Bem, mas retornemos ao agênere: ele era jovem e sorridente. Suas faces confundiam-se com sua luz, de forma que, vez por outra, não se enxergava sua aparência de homem. Ele falava sem dizer e era ouvido e entendido dessa forma. Foram estas suas palavras:

As mãos dos adolescentes são quentes feito fervura daquela água tão pura!
Em cada dedo um segredo.
Quando as mãos se juntam, falam, falam, sem parar. Falam o que a língua não diz.
Eu sempre quis saber os segredos daquelas mãos.

Um sábio e velho ancião,
pesquisador da juventude,
disse-me sorrindo e feliz:

– Olha, nobre professor,
as mãos dos adolescentes são quentes porque não pecam.
Pecado de adolescente é ironizar coisas sérias.

Seus dedos guardam segredos porque roçam feito plumas,
feito veludo macio.
A vida os fez assim.

Por que mudar ou... transgredir?

Foi então que uma luz vermelha surgiu a um canto do platô. Sara e Mateus perceberam que o tempo ali se estava esgotando. As lições eram findas. Os ajudantes conhecidos. Sim, todos eram ajudantes. Todos deixaram com nossos jovens viajantes seus cartões de visitas com uma frase em destaque:

"Busquem-me sempre que quiser."

Ali, Sara e Mateus se haviam encontrado com o pai, a mãe, o professor, o sábio, o construtor, a engenheira, o príncipe, a princesa, o filho, o aprendiz, o sacerdote e o agênere. Doze amigos escondidos, arquivados, guardados, necessitando ser conhecidos, pesquisados, aprimorados, engrandecidos. Eram sempre matrizes de um tempo futuro, que se aperfeiçoava toda vez que as lições eram apreendidas pelos alunos. Eram mutantes a serviço de nossos jovens viajantes dos bosques, assim como também do leitor. Seria o momento de terminar ou de dar prosseguimento à viagem? Isso iria depender dos portais, dos bosques, da conduta, da disposição, da aceitação. Sara e Mateus queriam dar continuidade à viagem. Então, que assim fosse! Mais uma vez, então, os jovens deram-se as mãos e puseram-se a caminhar. Seus corações pulsavam de um modo diferente, agora. Nosso rapaz pensou em retomar o velho tema de transformar a amizade em algo mais. Contudo, teve receio. Sara era muito segura e não facilitaria as coisas. Inesperadamente, contudo, a menina parou de caminhar e, tomando a mão direita de Mateus, colocou-a sobre seu peito virgem. O garoto tremia ao sentir o pulsar do coração da amada.

- Escute o que ele diz - ela pediu.

- Seu coração fala? - o rapaz indagou.

- Conta lindas histórias!

- Lindas histórias? De onde ele as tira?

- Das minhas vivências! - a adolescente respondeu. - Vamos, escute-o: ele quer te contar um segredo.

Antes que o coração principiasse a falar, uma canção romântica se fez ouvir, vinda de algum lugar, executada por algum artista. Mateus se deixou envolver pela melodia. Do outro lado da história, o leitor apressou-se a colocar um CD romântico para tocar. Bem, era um CD que ele considerava romântico... Mateus respirou fundo e o leitor imitou seu gesto, imaginando ter, ele também, a mão sobre o peito da amada. O coração de Sara pulsava, agora, mais forte e vibrante, formando um poema:

Na escola o silêncio se fez.
A diretora foi logo chamada.
Mal amada, a professora estressou.

Os colegas cochichavam.
Riam em louco silêncio.
Nas pastas eram guardados
os cadernos de toda a turma.

A aula era finda
e ainda faltavam trinta minutos!

A diretora chegou,
olhou a sala, calada.
A professora esbravejou:

– Deste jeito, aqui não fico!
– O que se passou consigo? – perguntou a diretora.
– Fui eu, senhora.

Faz meia hora, o meu telefone tocou.
Atendi. Era o amor.
Depois escrevi um poema e declamei.
A sala inteira gostou.
Só isso!

– Mas onde está o telefone?

– Bem aqui, senhora.
Bem dentro do meu peito!

Naquele instante, Sara e Mateus encararam o leitor e jogaram um beijo para ele. Em seguida, retomaram a caminhada. Tendo ouvido um som diferente, eles pararam, repentinamente. Das placas de prata, alguma essência de muitas vozes lhes dizia:

- Recorram conscientemente a nós, pois sempre de nós haverão de necessitar.

8. RECANTO DA GRANDE REGÊNCIA

– PENSO QUE A CAMINHADA será longa, Sara - Mateus observou.

- É bom caminhar - disse a menina. - Faz bem à alma, além de fortalecer os músculos do corpo.

Nossos viajantes dos bosques caminhavam, sorridentes, e trocavam impressões quanto à expectativa de que se pudessem enriquecer mutuamente. A amizade de ambos já dava mostras de encerrar uma sintonia perfeita e, quando se chega a ter uma sintonia assim, o desejo de um passa a ser o do outro, de modo a se tornarem um. Este é o segredo do sucesso de alguns relacionamentos perfeitos.

Um cantar diferente começou a soar no local em que se encontravam. Era um cantar acompanhado por ecos, que formavam um contracanto, transformando a emissão daqueles sons numa sinfonia diferente, que parecia partir de almas em repouso. A vegetação também havia mudado e grandes árvores surgiam. Ali não havia flores. As folhas pendentes dos galhos davam uma sensação de autoridade, a tal ponto de nossos jovens viajantes não ousarem tocá-las. Um ligeiro frio inundou suas essências. Não era um frio invernoso, úmido e indigesto. Parecia vir de alguma câmara pré-mortuária, própria para conservar equipamentos complexos. Era um frio gostoso de sentir e que ainda não exigia agasalhos. Havia, à entrada, uma tabuleta de mármore, que as mãos de uma estátua dourada seguravam. Às vezes era a estátua de Davi, outras do Pensador, da Vênus, de Apolo, de Sara, de Mateus, de nosso leitor e da amada do leitor. Era uma estátua mutante e nela estava escrito:

Cuidado! Você está entrando no Recanto da Grande Regência. Não importune desnecessariamente os deuses.

- Informação excessivamente prolixa - Sara comentou.

Mateus nem sequer imaginava o que significava a palavra 'prolixa'. Seu orgulho, todavia, impediu que ele solicitasse qualquer esclarecimento.

- Depois eu pesquiso no dicionário - ele pensou, em silêncio. - Também acho - ele disse, fingindo concordar com a amiga.

Na cidade grande, na casa do leitor, o telefone tocou, naquele momento. O garoto havia acabado de chegar da escola e nem sequer almoçara ainda. Tinha feito apenas um lanche rápido, na intenção de retomar, sem demora, a leitura da história de nossos heróis dos bosques de Crescência.

- Alô - disse o leitor, ao telefone.
- Sou eu - uma voz feminina murmurou, do outro lado da linha.
- Eu quem?
- Ora, não se faça de bobo - foi a resposta impaciente.
- Estou lendo - o leitor informou.
- Também estou.
- Que tal lermos juntos? - o garoto propôs num impulso.
- Ler o quê? - a garota quis saber.
- O que você está querendo ler, ora essa!
- O livro?
- Sim.
- Já estou no oitavo capítulo - a interlocutora informou.
- Também estou - falou o leitor.
- Como assim? Você disse que estava detestando a história.

- Mudei de ideia! Agora estou gostando e quero ler junto com você - disse o leitor com franqueza. - Por que não vem à minha casa? - convidou o garoto, incapaz de disfarçar seu profundo entusiasmo.

- É o tempo de pegar o elevador - a garota aceitou.

Desse modo, nosso caro leitor iria, finalmente, juntar-se à leitora, que morava no mesmo prédio que ele. Os dois adolescentes estudavam em colégios diferentes e haviam se encontrado num desses momentos em que um verifica o horário do outro e os dois se programam para encontros que se tornam causais, compreendem? Então um jura que não está nem aí para o outro, mas fica inconformado quando vê a pessoa saindo, toda arrumada, para ir a algum lugar, uma balada ou um encontro de amigos. Sabe como é? Bem, é claro que todos sabemos.

Naquele momento, a leitora subia apressada as escadas do sexto andar. O elevador podia demorar ou enguiçar, ela havia pensado. Nem bem tocara a campainha, quando a porta se abriu. Depois de um breve e informal cumprimento, o leitor e a leitora dirigiram-se à sala de leitura. Acomodados sobre almofadas mais ou menos distantes uma da outra, os dois adolescentes deram início à leitura, cada um com seu próprio livro.

- Em que trecho do livro você está? - a garota perguntou.

- No início do capítulo oito - o leitor respondeu.

- Então vamos ler juntos. Eu leio um parágrafo e você o outro. Combinado? - propôs a menina.

É assim mesmo que as coisas acontecem: as pessoas se buscam para eventos. E é bom quando os eventos trazem propostas distintas.

De volta ao Bosque da Promissão, encontramos Mateus e Sara prestes a adentrar no Recanto da Grande Regência. O lugar estava deserto. Caminhavam sós, sendo como que impulsionados à frente. A curiosidade própria dos adolescentes os movia. Às vezes, o destemor, motivado pela curiosidade, leva os jovens a se exporem a sérios riscos. Ser curioso é bom. Ser pesquisador é um tanto melhor.

- Por que nos buscam? - a pergunta soou no ar.

- Não sabemos - Sara e Mateus responderam, em uníssono, intuitivamente.

- Cuidado. Exigimos respeito - ecoou a advertência.

- Vocês o terão - nossos viajantes prometeram, em dueto.

- Por onde desejam começar?

- Existe um princípio? - Sara perguntou com doçura.

- O alfa e o ômega são faces da mesma moeda - a afirmação se fez ouvir.

- Então jogue a moeda - Mateus sugeriu.

Um som muito estranho e confuso penetrou nas almas daquelas ex-crianças e os gritos de diversos heróis se fizeram ouvir. Eram assustadores! Pareciam vozes de heróis mortos e prontos a serem ressuscitados. Um carrossel diferente surgiu, transformando-se numa passarela, na qual os dois adolescentes desfilaram nus, cobertos, seminus, com arco e flecha, escudos, espadas e muitos outros apetrechos. À medida que desfilavam, separavam-se, sendo que algumas personagens iam postar-se ao lado de Sara e outras ao lado de Mateus. Formavam um imenso salão de museu, onde se podia ver nichos próprios acima de altares ou pedras de holocaustos, separados por balaustradas. Sara e Mateus observavam aquelas estranhas personagens. Quem seriam?

- Somos deuses - todos responderam a uma só voz.

- Deuses? Eles existem mesmo? Não estão arquivados nos compêndios do paganismo ou da mitologia? - indagou nosso rapaz, que sempre se havia interessado pelo assunto.

- Quem é vivo nunca morre! - bradou um deles, que parecia ser muito zangado.

No instante seguinte, os salões se separaram e sumiram, de modo que um grupo de deuses acabou por ficar numa parte do recanto e, o segundo grupo, em outra parte.

- Menina, venha até nós - pediu um dos deuses.

- Venha, menino! Por aqui! - chamou outro.

Do outro lado da história, o leitor pensou, decepcionado:

- Ah não! Mateus e Sara tinham que se separar justo agora, que me uni a minha amada? Essa não!

No Recanto da Grande Regência, Sara caminhou, solenemente, em direção ao local para onde havia sido chamada, enquanto Mateus a via desaparecer por entre as árvores, sem, contudo, perdê-la de vista.

- Você quer crescer para tê-la? - indagou um dos deuses.

- Sim e para isso faço qualquer coisa - nosso rapaz respondeu com firmeza.

No quarto de leitura, o leitor pensou, entusiasmado:

- Eu também!

A alguns metros do garoto, a leitora nem sequer piscava, absorta que estava na história.

Caminhando de costas, em direção ao local que haviam indicado a ele, Mateus observava Sara, que caminhava com altivez em direção a seus altares ou holocaustos.

- Exigimos ritos! - os deuses protestaram.

- Não sei como fazê-los - respondeu nosso adolescente.

- Aprenderá - um dos deuses falou.

- Sara também terá que fazê-los? - Mateus interpelou, preocupado.

- Todos que aqui vêm precisam fazê-los - a resposta não tardou a soar.

- O que tenho que fazer? - o rapaz perguntou.

Desta vez, a leitora é que não se pôde conter e gritou:

- Ajoelhe-se, Mateus!

O leitor encarou-a, assustado.

- Ajoelhe - ordenou, igualmente, um dos deuses.

Nosso rapaz obedeceu e, imediatamente, um cálice azul surgiu em suas mãos.

- Beba! - uma voz soou imperativa.

Instintivamente, Mateus levou o cálice aos lábios.

- Assim não! - outro deus vociferou, sem deixar escolha. - Deve erguer o cálice, primeiro! Ofereça-o também a Zeus!

No fundo, nosso rapaz bem que gostava de rituais.

Na casa do leitor, a tia do garoto adentrava, naquele momento, na sala de leitura. Trazia duas taças, contendo suco. Os dois adolescentes, que antes liam ávidos, tomaram das taças e as ergueram, como se também fizessem uma oferenda a Zeus. Foi quando uma voz desconhecida soou, proveniente do livro. O leitor e a leitora fixaram o objeto, pousado sobre uma mesinha, a fim de se inteirarem do que se passava na história do casal de jovens viajantes dos Bosques de Crescência:

- Quanto a você, Sara, deve oferecer o conteúdo de seu cálice a Vênus, não a Zeus - foi a instrução recebida pela menina.

- Como devo fazê-lo? - a garota indagou.

- Segure o cálice com a mão direita e movimente o braço como se enlaçasse alguém. Beba e sonhe que está enlaçando a pessoa amada.

Na sala de leitura, nosso leitor, de joelhos, erguia sua taça a Zeus, enquanto a leitora, em pé, enlaçava alguém imaginário em seus braços.

Enquanto isso, no Recanto da Grande Regência, Sara e Mateus, cada qual no lugar que lhes havia sido designado, observavam as estátuas quase frias daquele frio que não incomoda.

- Escolha uma estátua e toque nela - um dos deuses ordenou a Sara.

A menina escolheu a escultura que representava uma menina-moça, louca para sair da infância e encontrar seu par e que trazia consigo uma pequena lua. Assim que seus dedos delicados tocaram a estátua, um canto místico se fez ouvir. Do outro lado do recanto, Mateus observava, paralisado. Via Sara, agora, tão longe, tão perto. Olhou para a estátua da menina quase mulher e, colocou-se em pé, a fim de melhor absorver o som daquele canto, que deveria subir, levado pelas asas do vento daquele lugar.

A estátua, então, em graciosos volteios adolescentes, adocicou a mente daqueles amigos-quase-amantes e contou-lhes virtuosa passagem de seu tempo de criança.

Era bem silenciosa aquela tarde.
Verdade que estava só e, só,
o silêncio se fez.
Fazia tempo, não brincava mais.

Bem ao longe, no cume do monte,
a lua surgia redonda, medonha,
àqueles que gostam do escuro.

Eu era amante da lua.

Nos meus sonhos primaveris,
vi certa vez frondoso mangueiral.
Nele, os frutos amarelados,
convidavam-me ao repasto faustoso.

Depois daquele sonho,
eu plantei um pé de manga
bem no quintal, defronte
a minha janela.

Junto à semente,
coloquei meu desejo ardente
de ser feliz como a lua.

Espantar o medo da noite,
fazer festa para o sol que virá.
Eu estava saindo da noite.
Era agora, adolescente!

À medida que falava, a deusa adolescente ia se iluminando, de modo que todo o recanto ficou repleto de luz. Várias luas surgiram e vários sóis apareceram, enchendo de esplendor, com seu brilho, aquele recanto.

- Agora, um rito - uma voz ordenou.

Sara ajoelhou-se perante o altar daquela deusa-menina, que colocou sobre a cabeça de nossa jovem viajante a lua que trazia consigo, partida, formando uma lua crescente.

Na sala de leitura, a leitora chorou de mansinho. O leitor pegou um lencinho e ofereceu a ela.

Naquele momento, no Recanto da Grande Regência, Mateus despertava de seu devaneio.

- Vamos, agora, encontre seu deus - uma voz ordenou ao rapaz.

- Este! - ele escolheu sem titubear.

O deus escolhido era taciturno, arrependido, quase caído. Trajava jeans desbotado, camisa larga, solta, botões desabotoados. Suas mãos lisas denunciavam pura indolência, caminho inequívoco para a falência.

Do lugar em que se encontrava, Sara procurava observar o amigo.

- Também estou com você - ela pensou.

Instantaneamente, Mateus captou o pensamento-ruído, que penetrou seu ouvido, indo aconchegar-se em seu peito. A estátua pesada do deus taciturno, que o rapaz escolhera, ergueu-se lentamente e, quase ainda semente, num vazio murmurou:

Eu não sabia bem se era ainda criança ou se já havia crescido.
Nas festas das minhas priminhas brigava por um beijinho, um brigadeiro...
A melhor parte do bolo, estourar os balões todinhos.

Depois em casa, sozinho, eu pensava nos meus atos:
"Cuidado Daniel, assim você vai queimar seu filme!"

Na parede do meu quarto havia um quadro do Pato Donald.
Eu amava aquele pato! Um dia resolvi rasgá-lo. Fechei os olhos e... pronto!
Dei cabo da minha infância.

Peguei um pôster maluco, de um cara desengonçado, e coloquei no lugar.
Era um guitarrista tatuado e muito, muito mal-encarado!

Meu quarto ficou pesado, não gostava de ficar lá.
Sabem o que eu queria? Não era bem ser criança e sim um adolescente.
Mas sem estas marcas pesadas!...

Peguei outro pôster. Tinha água, árvore e céu.
Coisas simples, mas... Acreditem, inundou de luz o meu mundo!

Fiz então minha transformação.
De criança tão livre e feliz,
a feliz e livre adolescente!
Só porque entendi que podia ser muito, muito, muito diferente!

Canção maviosa se fez. Erguendo os olhos, Mateus não viu mais a estátua mórbida do início, mas, sim, a de um jovem feliz. Pensou em fazer um ritual, mas o deus que escolhera falou:

- O ritual você já fez. Alguém tinha que me despertar do passado e agora posso ser livre como você.

Tendo dito essas poucas palavras, o deus desapareceu, para nunca mais ser visto no Recanto da Grande Regência. Com certeza, tinha ido ser regente de si mesmo. Desse modo, Mateus cresceu mais um pouco.

Na sala de leitura, a leitora fez uma observação:

- Pela ordem, agora será a vez de Sara despertar um deus.

Dando um jeito de chegar mais perto da garota, o leitor concordou:

- Sim.

No Recanto da Grande Regência, contudo, Mateus olhou para os deuses à sua volta. Quis despertar outro, que parecia muito antigo, sem ser velho. Pensou, entretanto, que agora deveria ser a vez de Sara e conteve-se.

- Vá até o outro deus, que acaba de escolher - ordenou uma voz autoritária ao nosso rapaz.

- Mas é a vez de Sara - ele lembrou.

- Para os deuses não existem determinações, nem tempo, nem espaço. Querer exige resposta. Você o quer, então?

Obediente, Mateus aproximou-se, sem pressa, daquela estátua de gesso bronzeado, que apontava com o dedo indicador para algo abaixo de seu próprio nariz. Talvez para uma criança, um menino, ou uma coisa... O garoto aproximou-se bem, de modo a ficar bem perto e bem abaixo do dedo que apontava. Sem refletir, então, ele disse:

Haroldo Oliveira era meu pai.
Um dia me chamou e me disse, sério:

Foi, então, que a estátua ganhou vida e falou com doçura. Em seguida, Mateus e aquele deus, que ele havia escolhido, protagonizaram um diálogo inesperado, onde um era o pai e o outro era o filho:

- Filho, já é hora de crescer - disse o deus.

- Crescer? - nosso rapaz perguntou.

Achando que os crescimentos sempre seguem os nascimentos, Mateus encarou o leitor e a leitora e falou:

- Meu pai era tão sério! Decerto não estava brincando. Quando dei por mim estava no seu quarto. Quantas surpresas! No baú dos guardados, estava uma velha folhinha. Nela, o dia de meu nascimento estava assinalado: 28 de novembro. Meu pai me entregou a folhinha e tornou a falar com seriedade:

Naquele momento, a estátua-pai retomou a palavra:
Até aqui, faz dezesseis anos.
Guardei com cuidado a sua vida. Agora ela é sua. Proteja-a.
Mateus concluiu sua fala:
Entregou-me o baú. Eu era um adolescente.
A infância havia acabado. Era, de novo, nascido!

Do outro lado do recanto, Sara imaginou que a estátua se desfaria em pó, uma vez que acabara de cumprir seu papel, que era o de proteger Mateus até ali. Contudo, a estátua-pai retornou ao seu lugar e permaneceu inerte.

- Deuses pais nunca abandonam seus filhos - uma voz, que já se havia pronunciado, retomou a palavra.

Na sala de leitura, o leitor derramou uma lágrima. Seu pai estava distante. Tinha saudade dele. Percebendo a situação, a leitora tratou logo de se achegar mais ao garoto e enxugou com o lencinho aquela lágrima preguiçosa, que não caía porque tinha vergonha de ser vista. Depois de recolher aquela lágrima, a garota levou o lencinho úmido aos lábios e o beijou. O leitor, contudo, não pôde ver aquele gesto, porque estava ainda procurando por seu pai.

No Recanto da Grande Regência, uma deusa aventureira, vestida de índia e linda como a natureza ordenou a Sara:

- Toque-me!

- Quero contar como foi o dia do meu nascimento - nosso rapaz falou, como se não tivesse ouvido as palavras da nova personagem.

Sara fixou a recém-chegada. Era hora de conhecer os deuses, que permanecem mitológicos em algum recanto dos bosques.

- Está bem. Que assim seja! - a garota dos cabelos dourados disse.

Assim que sentiu o toque dos dedos de Sara, a deusa-índia-menina saltou por entre as árvores. Balançou as folhas, colheu um fruto que caiu e comeu-o, sem sequer oferecê-lo à nossa jovem viajante dos bosques. Na certa, deveria estar com muita fome, em consequência do longo tempo que tivera que esperar, até que alguém a tocasse! A bonita deusa apanhou uma flauta de bambu e pôs-se a tocar. Imediatamente, belíssimos sons encheram o ar. A deusa-menina ria e corria, seus cabelos negros e sedosos a balançar de um lado para outro, tão volumosos que dava vontade de pegar. Deu cambalhotas, fez estrelas, sempre a mostrar seu sorriso de dentes muito alvos. Em seguida, assentou-se num banco e deixou de ser deusa, para ser menina. Menina gente, contente por ter sido despertada. Então, falou com clareza:

Fazia tempo que o tempo
não me trazia vontade de pegar minhas bonecas
e brincar de pique-bandeira.

Eu subia na cumeeira da casa.
Soltava pipas, subia no mangueiral.
O pessoal do arraial comentava, sem parar,
as loucuras da menina do ar.

Era tarde, treze anos. Sentia diferenças em mim.
Meu corpo se modificava, ficava mais rijo, maior.
Cresciam partes e pelos. Sim, eu estava mudada.

Um dia o sino tocou, marcou a hora exata
do meu áureo descobrimento.
Era um casamento. Minha prima lá se encontrava.

Olhei as flores, o marido. E eu me via todinha de noiva.
Nunca mais subi na cumeeira da casa!

Do outro lado da história, enlevado, nosso leitor voltou-se para a leitora e falou:

- Sabe, eu queria ver você vestida de índia, saltando e subindo na cumeeira da casa.

- Acho que não está entendendo bem a leitura - a garota protestou.

- Com certeza você cresceu e nem tem treze anos - o leitor observou.

- Tenho quinze - informou a menina. - Minha festa de aniversário vai ser na próxima semana e nem vou te convidar!

- Ah, que pena! É que eu...

- Você, o quê? - a leitora quis saber, curiosa.

- É que eu já comprei seu presente.

- Não é uma caixinha de músicas, é?

- Surpresa... - murmurou o leitor, fazendo mistério.

- Nesse caso, vamos retomar a leitura.

No Recanto da Grande Regência, a deusa-índia-menina saiu correndo, querendo fugir. Foi quando Vênus a chamou, dizendo:

- Volte para o seu lugar!

- Mas senhora deusa-mulher-superior... - a jovem deusa murmurou, num protesto tímido.

- Não vê que Sara pode ainda precisar de você? - Vênus lembrou.

Naquele instante, um deus muito bonito, com cara de poeta, de lírico e de escritor convocou os dois viajantes do recanto para uma reunião informal.

"Donde teria vindo aquele deus?" o leitor e a leitora bem poderiam perguntar. Afinal habitualmente os deuses permaneciam parados, esperando para serem tocados. Aquele, todavia, tinha surgido com uma caneta na mão e apressara-se a chamar nossos amigos adolescentes.

- Venham. Quero que ouçam meu novo poema! - ele foi logo dizendo.

Sara e Mateus acomodaram-se. Estavam felizes. Os deuses da poesia exalam perfume, calor, amor, disciplina no falar e no anotar. Além disso, trazem sempre uma bela lição para os que não habitam em Crescência. Andam sempre atarefados, coitados! Mais parecem insetos desesperados, uma vez que nascem pela manhã e, quando a noite chega, estão já prestes a morrer. O deus poeta-músico--escritor falou:

Marita corria feito louca.
A touca que lhe protegia os cabelos
soltou-se feito neve, tão leve!
Marita corria. Os cabelos soltos

tocavam-lhe as faces.
O vento e o correr moldavam-lhe os cabelos.
Eram loiros, sedosos, tão puros!

Postura serena, cabelos tão soltos,
olhar de veludo, olhar azul,
a corrida sem fim.
Marita chegou ao lago.

De repente, nas águas correntes,
surgiu uma figura tão linda.
Era mulher, feminina.
Era bela, bronzeada de sol.

Marita assustou-se.
Assentou-se na pedra
e viu, refletida na água,
a outra Marita descoberta.
Marita. Menina-Moça!

Depois de haver falado, o deus deu um tempo para que nossos viajantes dos bosques fizessem um comentário. Eles, porém, não quiseram fazê-lo. A história havia sido bem contada. Queriam mesmo era refletir sobre ela. Sara pôs-se a caminhar, em busca do lugar que lhe havia sido designado. Mateus fez o mesmo. Quem sabe procurassem, ambos, seu crescimento?

O leitor e a leitora imitaram os dois jovens personagens. Tendo colocado o livro sobre uma mesinha, deixaram a sala de leitura. Um foi para a sala e outro para a cozinha. Não que quisessem comer alguma coisa. Queriam apenas refletir sobre o fato de que, um dia, a gente cresce, transforma-se, modifica-se em tudo, não só no aspecto físico, mas sobretudo no psicológico. A leitora buscou, então, o leitor e ofereceu-lhe um caldo de simpatia. O leitor apanhou uma adaga, que decorava a parede da sala, e lançou-a ao lixo. Estavam crescendo?

No Recanto da Grande Regência, os deuses, às vezes sisudos, não tinham tempo a perder. Sara já se dera conta disso. Mateus, um tanto menino, ainda buscava seus encontros pessoais. Olhava, ainda, para o platô de prata, como a pedir direção. Sara olhava para o futuro; Mateus para o passado.

- Será que as meninas são mesmo mais voltadas para o futuro que os meninos? - o leitor refletiu medrosamente.

O padeiro trazia, de manhã, o pão bem quentinho feito a mão.
Joana saltava da cama e comia, sem parar, o pão com manteiga e café.

Vida simples de comer e dormir. Estudar? Sim. Joana bem que queria ir à escola de dona Pretinha.

Um dia, Joana não acordou com o grito do velho padeiro.
No terreiro havia um pombal.
Joana levantou bem mais tarde. Não foi à aula, foi ao pombal.
Viu as plumas brancas das aves.

Pegou o caderno vazio, olhou em volta, viu o lago,
o céu, o vento. Seus cabelos soltos no ar.
Sentiu o ar, o aroma das folhas verdes.

Joana, enfim, despertou.
De repente, tornou-se adolescente
e escreveu o mais lindo poema!

- Não entendi por que razão os deuses falaram isso agora - comentou o leitor, um tanto perdido.

- Há coisas que são ditas e não precisam de explicações - a leitora observou. - Sara e Mateus estão em viagem, não é mesmo? Quando se viaja, acontece de tudo. É preciso ficar atento! Se não entendemos na hora, entenderemos depois.

O leitor ouviu, atento, as considerações daquela menina de quase quinze anos de idade, bem ali, ao seu lado, e que era motivo de suas mais profundas emoções de rapaz.

- Será que ela me quer? - ele pensou.

Sempre que alguém olha para outro alguém, busca um detalhe que se encaixe em seus devaneios emocionais. Deus nos fez assim, homens, mulheres, meninos, meninas... Será que Ele nos queria amando sempre? Seria esse amor um ensaio para o amor que Ele nos reserva? Se assim for, devemos respeitar ao máximo esses sentimentos que as pessoas trocam entre si. Banalizá-los seria afastar o ser da essência real do amor que Deus nos prepara.

Aquele pensamento estava no ar e Sara e Mateus agarraram-no, sem perda de tempo. Mateus buscou a menina dos cabelos de ouro, como quem busca o amor e ela fixou-o, como quem busca a própria realização na plenitude de Deus.

Vários deuses-anjos surgiram naquele instante. Eram amáveis e graciosos e brotavam do chão. Tinham caras branquinhas e cabelos encaracolados, como aqueles anjos que costumamos ver por aí, nos templos barrocos do Aleijadinho, Athaíde e tantos outros artistas desconhecidos. A única diferença era que aqueles anjos tinham corpos e não tinham asas.

Do outro lado da história, a leitora questionou, encarando o leitor.

- Você acha que anjo precisa mesmo de asas?

- Como é que eu posso saber? Nunca fui anjo! - ele respondeu como um menino.

- Bruto! - a leitora exclamou, contrafeita. - Não é assim que se fala. Estou só perguntando.

O leitor estremeceu diante da reação da garota. Tinha sido infeliz em sua escolha de palavras e o amor definitivo de Deus exige fineza no trato. É preciso que as pessoas sintam-se felizes, quando recebem uma resposta a suas perguntas. No fundo, na maioria das vezes, elas já têm a resposta. Desejam apenas a confirmação. É por isso que a resposta cascão, evasiva e sem profundidade pode fazer o tempo passar sem ser bem aproveitado. O leitor definitivamente não tinha sido feliz.

– Peço que me desculpe – ele murmurou sem jeito, olhando para a leitora.

– Está desculpado – ela respondeu em tom grave.

No Recanto da Grande Regência, os anjos passavam por Sara e Mateus. Eram muitos e pareciam querer se despedir. Era provável que viessem a sumir no chão de onde haviam brotado e, talvez por isso, quisessem dizer adeus. Quem sabe um dia renascessem nos Bosques de outras Crescências? Num segundo, Mateus e Sara sentiram-se levados até uma prancha de ouro. Era como se guindastes gigantescos e invisíveis os tivessem alçado até aquele lugar, lá no alto. Os adolescentes sentiam-se felizes. Sara era deusa em seu local sobre a prancha e Mateus o deus de sua parte. Não se olharam. Olharam-se. Sentiam como se o chão tivesse ficado para trás e como se algo os impulsionasse cada vez mais para o alto. Sara empertigou-se. Não era difícil se equilibrar sobre a prancha. Mateus assumiu a postura de pensador e ambos olharam para seus horizontes, buscando cada qual seu futuro. Sentiam-se plenamente renovados. Os anjos não conseguiam chegar até eles, tal a altura em que se encontravam.

– Desçam. Precisamos nos despedir de vocês – os anjos pediram.

– Pois que o façam – respondeu Sara.

– Fomos tão amigos. Brincamos tanto! – eles murmuraram.

– Vamos sempre nos lembrar de vocês – Mateus falou.

Nossos viajantes dos bosques desejavam despedir-se dos anjos e isso estava bem claro em suas mentes. Contudo, não havia mais como brincar com aqueles meninos e meninas-anjos. Outros deuses os aguardavam e era necessário que subissem até eles. Lá no alto, surgiu, então, a deusa-justiça, trazendo nas mãos uma balança. Assim, o cenário ficou completo com seus personagens, cada qual em seu plano. Faltava o corifeu e ele não se fez de rogado. Ao coro dos demais anjos, ele se permitiu cantar:

Era manhã.
No quintal, o reboliço de sempre.

Iam e vinham. Ninguém
parava no lugar.

Eram peneiras, bacias,
manias da roça.
A palhoça estava feliz:
uma criança havia nascido.

A menina caminhava devagar,
pensava no mar que
há pouco visitara.

Lá tinha encontrado Francisquinho,
moreninho e de pele macia.
Seus olhos fortes haviam tocado
o corpo da menina. Luizinha,
assim era chamada
desde pequenininha.

A Luizinha sumiu!
Disseram os pássaros.

Surgiu agora a Luiza!

O que se viu, a seguir, foi um espetáculo grandioso e belo. Os anjos subiram por cordas de prata e, um a um, alcançaram as placas onde Sara e Mateus se encontravam. Depois de beijar-lhes as faces e desejar-lhes boa sorte, os anjos desvaneceram-se, como acontece às nuvens do céus, ao sabor dos ventos. Cada um que desaparecia, transformava-se em estrela pequenina, para cair, em seguida, sobre os corpos de nossos viajantes adolescentes. Na sequência: anjo, nuvem, estrela. O espetáculo era indescritível.

- Somos feitos de anjos, Sara? - Mateus perguntou à menina.

- Não sei. Talvez de estrelas! - ela exclamou, sorrindo.

Do outro lado da história, o leitor e a leitora não se puderam mais conter.

- Você me deixa abraçar uma estrela? - o leitor perguntou.

- Só se você me permitir abraçar um anjo - foi a resposta da garota.

Em seguida, os jovens trocaram o abraço mais profundo que jamais haviam trocado. Certo dia, quando crianças, haviam se abraçado na festa de oito anos do rapaz. Aquele, contudo, havia sido um abraço-promessa. O abraço que agora trocavam era de verdade. Por suas mentes não passava qualquer outra intenção, que a do abraço. Sentiam-se anjo e estrela. Deram-se as mãos e saíram voando até o quintal, onde correram feito anjos e estrelas nos céus. A leitora apanhou a lira e o leitor o banjo. Então, assentados ou voando, cantaram a canção que haviam composto num outro dia, num outro lugar e que estivera guardada, à espera da hora certa de ser cantada. A leitora foi quem começou, com voz de soprano:

Sorrindo, aquele menino
escrevia uma carta.
Longa carta!
Na mesa, as canetas se emparelhavam.
O que falavam as letras?

Então foi a vez do leitor, que cantou com voz de tenor:

O menino escrevia, relia,
depois fazia tudo de novo.
Seria para alguém de tão longe
o motivo da sua canção.

A soprano retomou:

De repente,
por detrás daquela porta,
surge um velho violão.
Dali a pouco, nova canção.

Ambos em dueto:

Uma canção de louvor
pela vida, pela família,
pela beleza daquele dia.

A leitora, cantora lírica, com a lira na mão, falou:

Uma canção muito simples,
diria o velho maestro.

O leitor, tenor, de banjo colado ao peito, respondeu:

Qual nada!
Era a melhor canção jamais ouvida.

Mais uma vez, o dueto cantou, ao som de suas cordas vocais e instrumentais:

Era o puro ressonar de uma alma
Prestes a se libertar e voar...

Depois se abraçaram de lado, colaram seus rostos, olharam a passarada invejosa e completaram:

Philippe tinha apenas onze anos!

No Recanto da Grande Regência, os deuses pararam e convidaram Mateus e Sara a contemplar aquela cena. O rapaz olhou para a menina, como quem cobra uma atitude.

- Se eles podem, nós também podemos - ele falou.

- Não, Mateus. Cada um no seu momento - a garota argumentou. - Cada um com seu talento.

Sara e Mateus. Leitor e Leitora. Todos visitavam o Recanto da Grande Regência, em meio àquela magia de personagem e plateia. Só o pessoal da dramaturgia pode entender como aquilo era possível. Só os diretores não sisudos podem transpor as posições. Só as plateias interessadas podem ser personagens das mais belas histórias contadas nos palcos dos grandes bosques ou dos pequenos recantos. Deus... Deuses... Anjos... Estrelas... Quem somos afinal?

Naquelas quatro almas, um silêncio se fez, porque:

Stela desabrochava. Eram doze anos.
O cinza dominava a fachada da casa.
Era família: pai, mãe, irmãos.
As mãos justas dos velhos avós
afagavam seus lindos cabelos doirados.

Stela tinha tudo para ser feliz.
No chafariz da praça encontrou Joãozinho.
Um abraço, um beijo, um perigo.

Depois outras noites, muitas noites,
Terríveis noites sem fim.

A inocência findara.
Na palha, o fumo. No copo, a bebida.
Na clínica clandestina,
o feto expirava em dor.
No fétido odor dos escuros,
Fazia viagens sem volta.

Tudo acabado?
– Talvez – alguém falou.

Mas se ainda houver tempo,
é bom que Stela o refaça
e conte de novo outra história,
pois que a vida daquela menina
ainda nem começava.

Vários deuses e deusas decaídas surgiam e desapareciam. Era triste contemplá-los. Um espetáculo ao contrário do que antes se vira. A leitora desnudou-se e procurou marcas deixadas por suas maldades contra si própria. Seu corpo era escultura. Seus poros eram virgem. Suas tormentas adormecidas. Sentiu-se plena. O leitor buscou, no tempo, algum deus despedaçado. Encontrou-o em algum lugar por onde tinha passado. Convidaram-no, insistiram. Talvez o medo o fizesse recuar. Mas aquele tipo de deus costuma ser insistente e promete um mar de fantasias, partes partidas da ilusão, e calabouços sem saída, que asfixiam e torturam.

O leitor e a leitora levantaram-se e tornaram a trocar um abraço. Suas mãos se tocaram: eram anjo e estrela.

- Conheço quem já não é como nós.

- Mas é possível tornar-se anjo e estrela, mesmo quando já se é um deus decaído?

- Um deus ainda que decaído, ainda assim é um deus.

- E o que ele tem que fazer?

- Para voltar a ser anjo ou estrela?

- Sim.

- Tem que recomeçar.

- Como?

- O tempo é de Deus. As forças vêm de Deus.

- É preciso buscar esse tempo?

- Sim.

No Recanto da Grande Regência, Sara e Mateus sentiram que seu tempo ali começava a findar. Quase todos os deuses já se haviam recolhido a seus lugares, com exceção daqueles que já não mais faziam falta para nossos caros viajantes. Quanto aos deuses dos leitores, eles próprios deveriam selecioná-los. As opções eram muitas e cada qual é livre para escolhê-los, assim como é, igualmente, responsável por suas escolhas. Sara e Mateus estavam, agora, lado a lado. O Recanto da Grande Regência estava em paz. Havia, porém, mais um deus, talvez o principal, que nossos viajantes dos bosques conseguiriam entender. Ele caminhava devagar, sorria devagar, olhava devagar. Suas mãos eram grossas, calejadas pelo grande tempo, pelas grandes construções.

Sara o fixou e o compreendeu à sua maneira. Mateus também olhou para ele e o compreendeu a seu modo. Maneiras diferentes, para diferentes indivíduos. Um mesmo deus, várias visões.

O leitor viu, também, aquele deus, e o entendeu do seu jeito. A leitora fez o mesmo. Quatro pessoas, oito olhos e milhares de olhares internos, diversificando a visão. Cada qual tem sua forma de ver e isso deve ser respeitado.

- Não vim falar para vocês - anunciou, finalmente, o deus

- Não?! - indagaram os quatro jovens, em uníssono.

- Vim falar para eles.

- Vim falar para eles.

- Eles quem? - os quatro tornaram a indagar.

- Para aqueles que já passaram por este Recanto e o esqueceram, ou não assimilaram seu tempo.

- Quem? Quem? Quem? Quem? - soaram as vozes dos quatro corifeus, num cânone.

Aquele deus tinha a magia e o poder de multiplicar-se em vários deuses-clones de si próprio. Ele assim o fez: multiplicou-se e falou por um, por mil:

O mundo do Fabinho
precisava ser mesmo mudado.
Quantas coisas aconteceram...
Morreram velhas histórias.

Fabinho era um ser renovado.
Tudo pra ele era bem diferente.

Aquela gente não entende
que, na galhardia da vida,
o botão logo se transforma.

"Criança!" gritavam sem dó.
"Menino!" Xingava a velha senhora.

Embora seu rosto, agora maior,
embora seus pelos nascentes nas faces,
ninguém o via como um novo sol.

É assim mesmo senhores:
as pessoas não se conformam
com os botões em crescimento.

E continuava o Fabinho:
Não param, não olham, não comparam.
Num repente, a criança morreu.
Num instante, o tempo surgiu.
Tempo da flor, do cravo, jasmim...
Tempo novo. Tempo do adolescente!

E Fabinho foi conversar
Com o céu, as estrelas, o mar!

Na sala de leitura, a leitora chorou. O lencinho encontrava-se caído no chão, próximo ao leitor. Ele o apanhou e enxugou, com doçura, a lágrima, sem falsos pudores, que caía e caía, trazendo tantas outras atrás de si. O lencinho ficou molhado. Ensopado. De tal maneira o choro lavou-lhe o rosto, os cabelos e as mãos, que a leitora teve que ir até o banheiro, a fim de recompor a própria aparência. Uma vez sozinho na sala de leitura, o leitor beijou o lencinho úmido e envolveu-o com ternura. Ao retornar, a leitora convidou o rapaz para um passeio num bosque perto do local onde moravam. Era um lugar repleto de jardins floridos. Saíram. Foram-se...

No Recanto da Grande Regência, Sara e Mateus deram-se as mãos e puseram-se a caminhar. Haviam conhecido seus deuses. Alguns, eles haviam eliminado; outros, tinham deixado em quietude. O Recanto sempre necessita de deuses.

9. LAGO INFINITO

TUDO É SUAVIDADE, QUANDO estamos em paz com nossas conquistas pessoais, que agregam valores à nossa alma. Nesse estado de espírito se encontravam Sara e Mateus. Haviam terminado uma etapa de suas conquistas. Estavam a caminho de novas emoções, de novos conhecimentos. Desde pequenos, ambos sonhavam ser grandes, conquistadores, avatares das estrelas de seus próprios firmamentos. Sara olhava para dentro de si mesma em profundidade, enquanto Mateus observava o mundo externo, que o encantava. Eram duas almas quase enamoradas, quase se entregando ao sonho juvenil de construir a felicidade para sempre, para o eterno. Dentro das convenções próprias dos adolescentes, lá estavam eles à procura de algo, que somente a eles pertencesse. Sentiam-se unidos por uma força incomum, que não os mantinha presos. Eram livres, soltos e, ao mesmo tempo, presos pelos abençoados cordões da amizade num estágio quase superior.

- Eu não queria que este tempo acabasse - disse nosso rapaz, com sinceridade.

- Mas é necessário que isso aconteça, meu amigo - Sara advertiu. - Os tempos são assim: cada qual tem sua vez.

- E se o tempo vindouro for triste e separatista?

- Será o tempo necessário, nada mais.

A maturidade daquela menina de apenas quatorze anos encantava Mateus. A candura de seu olhar, a maciez de suas mãos, sua voz firme e compassada exerciam sobre o menino tal poder de persuasão, que ele sentia-se absolutamente seguro a seu lado. Caminharia com ela pelos infinitos, pelos inefáveis caminhos das descobertas e dos conhecimentos, das dúvidas e das certezas.

De volta ao quarto de leitura, o leitor fitava a leitora, desejando o mesmo que nosso viajante dos bosques de Crescência. Gostaria de caminhar pelos lagos infinitos, que permeiam a juventude, com a garota assentada a seu lado. Ela, contudo, permanecia muito séria, absorta na leitura. Quase não respirava.

- No que ela estaria pensando? - o leitor indagava de si para si.

Sua mente de menino quase travesso ansiava por penetrar nos pensamentos da garota, a fim de descobrir se existia ali um escaninho com uma placa em que seu nome estivesse escrito em letras douradas. Ela, contudo, permanecia quase imóvel, enquanto saboreava uma maçã. O leitor pensou, decerto, na maçã de Eva e na serpente, aquele réptil traiçoeiro, que fez o paraíso desaparecer para um homem e uma mulher, de acordo com os registros da Bíblia. Não que nosso leitor gostasse de ler tal livro enigmático, mas seu velho e desaparecido avô muitas vezes lhe havia narrado a história do paraíso perdido. E se havia algo que nosso leitor não estava disposto a perder era o tal paraíso que, segundo suas reflexões e certezas, encontrava-se ali, bem junto dele.

- No que está pensando? - a leitora interrogou-o, a certa altura.

Antes de responder, o leitor avaliou a mente feminina. Impressionantes, as meninas! Quando se pensa que elas estão alheias ao que se passa em derredor, elas permanecem atentas a tudo, revelando um poder de observação que encanta e preocupa a um só tempo.

- Estava pensando na maçã de Eva - o leitor respondeu, finalmente.

- Não estamos no paraíso! - a garota observou. - Estamos numa grande cidade de pessoas que já perderam o Jardim do Éden há muito tempo!

Vasculhando sua memória, o leitor encontrou uma página onde se lia: Jardim do Éden. Sim, seu avô lhe havia falado sobre aquele lugar! Só que as letras estavam em hieróglifos e o nosso menino ainda não tinha tido tempo de estudar a velha escrita egípcia. Assim, para não decepcionar sua companheira de viagem pelos Bosques de Crescência, achou que o melhor a fazer seria dar um rápido sorriso de consentimento. Afinal, ela devia saber o que estava dizendo...

Em Crescência, nossos jovens viajantes prosseguiam na caminhada:

- Veja, Mateus, acho que chegamos! - Sara exclamou, de repente.

- Como é que você sabe?

- Veja! - ela tornou a dizer.

- O que você está me pedindo para ver? - o rapaz perguntou, intrigado.

- Os símbolos.

Mateus olhou ao redor e constatou que vários símbolos enfeitavam o local. Eram esculpidos em ouro e brilhavam à semelhança de sóis-mensageiros.

- O que eles representam? - interpelou o rapaz.

- São marcas - Sara respondeu.

- Marcas?

- Psiu! Silêncio. Não incomode as marcas - a menina recomendou. - Elas precisam falar.

Foi então que Mateus percebeu que aqueles símbolos falavam, de fato. Traziam recados, mensagens, direcionamentos. O rapaz tentou tocar numa placa e observou, atônito, que esta desaparecera milagrosamente, para ressurgir em outro lugar.

- Não se toca nos símbolos, Mateus! - Sara advertiu.

- Então por que é que eles ficam em nossos caminhos?

- São como as placas de sinalização nas estradas. Apenas nos orientam.

Símbolos. Estranhas marcas. Estranhas cartas. Estranhos enigmas.

Na sala de leitura, a leitora falou em voz alta.

- As civilizações estão repletas de símbolos.

- Como é que você sabe? - perguntou o leitor, impressionado.

- Já li alguma coisa sobre elas - a garota respondeu.

- Você gosta de ler sobre civilizações perdidas?

- Gosto - confirmou a jovem.

No Bosque da Promissão, nossos viajantes caminhavam.

- Veja Mateus! Olhe aquele símbolo - Sara apontou.

- O alfa e o ômega - nosso rapaz reconheceu. - Já vi essas letras no alfabeto grego.

- E o que elas querem dizer aqui nesta placa de ouro?

- Não sei.

- Nem eu! - exclamou a leitora, na sala de leitura.

- Nem imagino - comentou o leitor.

Em meio ao bosque, em Crescência, a menina de cabelos dourados esclareceu:

- Ora, o alfa e o ômega representam Jesus, princípio e fim de todo o planeta que habitamos. Princípio e fim de todo o saber e amor que por aqui possam existir.

A resposta de Sara fora dada com tamanha convicção, que Mateus e os dois jovens leitores ficaram boquiabertos. Como aquela garota poderia saber tudo aquilo? Como poderia pertencer ao reino dos conhecimentos, se ainda era uma menina de quatorze anos? Mateus e os leitores se entreolharam, enquanto Sara observava a placa para, em seguida, olhar para o céu.

- Sim, Jesus é o princípio e o fim de todo conhecimento! Deus, princípio e eternidade... - ela murmurou.

Mateus apertou, com frenesi, as mãos da amada companheira de viagem. Ela havia tocado seu coração, não somente pela mensagem profunda que a placa encerrava e que ela havia decifrado para ele e para os leitores, mas principalmente por ser a menina-prodígio que caminhava a seu lado e a quem podia tocar, dentro do respeito e da ética.

– Precisamos nos preparar para as grandes viagens aos Bosques de Crescência, Mateus – Sara falou, de repente. – As surpresas ocorrem a cada instante. Somos portadores de vastos conhecimentos dos quais sequer nos damos conta. Vivemos há tanto tempo e temos arquivado informações que saltam dentro da gente, sempre que necessário. Somos ricos, Mateus. Ricos! Você entende?

Até então, para nosso rapaz, riqueza era aquilo que ele podia tocar com as mãos.

– As verdadeiras fortunas são inacessíveis aos sentidos, meu amigo – a menina prosseguiu. – Nossos toques fazem com que elas desapareçam. Só é rico quem possui bens invisíveis, que alimentam e confortam, sustentam e conduzem.

Mateus baixou sua cabeça. Sim, Sara era muito maior do que ele podia imaginar. Naquele instante, ela soltou as mãos do companheiro de viagem e pôs-se a correr ao redor do lago infinito. Voava feito pluma, caminhava feito anciã. Ele a observava feliz e apaixonado. De repente, o rapaz sentiu um torpor, seguido de um pensamento:

– Estarei pronto para Sara?

– Nem sempre estamos prontos para as surpresas que o outro nos reserva – ela falou, como se tivesse ouvido o que o garoto pensava.

– E que podem ser boas ou más – Mateus completou.

– O outro é diferente.

– Sempre será.

– O que vale é saber conviver com as diferenças – a menina observou.

– Ninguém é igual a ninguém.

– Por isso ninguém pode exigir que o outro seja igual a si próprio.

Àquela altura, o leitor e o editor do livro estavam ficando felizes. As observações feitas anteriormente pelo leitor e pela leitora começavam a penetrar na essência das coisas. O telefonema de um apascentou o outro:

- Não disse que valeria a pena editar este livro?

- Sim. Você estava certo.

Em meio ao Bosque, Sara corria, indo para junto de outra placa de ouro. Nela estavam esculpidas muitas palmas douradas, em belíssimo afresco.

- Veja, Mateus. São as palmas - ela chamou a atenção do amigo.

- Palmas?

- Sim.

- E o que elas representam? - o rapaz quis saber.

- Ora, menino-quase-sabido! Elas representam a vitória sobre o mal!

- E por quê?

- Não percebe? Estão livres e soltas, assim como ficamos, quando vencemos o mal que existe em nós! Quando deixamos no esquecimento as coisas negativas que outros nos fazem e, sobretudo, quando perdoamos para sempre, infinitamente!

Mateus correu em direção à placa das palmas e ajoelhou-se. Queria tocá-las, mas sabia que não se toca com as mãos as riquezas eternas. Assim sendo, admirou-as e vasculhou seu coração, a fim de verificar se encontrava algo pendente, que pudesse impedi-lo de ser livre e solto, como as plumas da placa.

- Guarde o símbolo, amigo - Sara aconselhou. - Você precisará muito dele no decorrer da vida.

De repente, uma voz fez-se ouvir num dos entornos do lago. Falava com calma e lucidez:

Tinha muito ciúme do Leonardo.
Eu amava Silvinha, de cabelos cacheados.
Mas ela nunca me via. Via apenas o Leonardo!
Na praça, aos domingos, eu vestia a melhor roupa.

A praça, naqueles dias, era só dos adolescentes.
Lá se juntava a turma e cada um queria ter seu par.

O ar era sempre delicado,
adocicado pelo perfume das flores,
das peles, das roupas e essências que se usava, então.
Havia nas janelas pessoas variadas
e, no coreto, a banda tocava.
Havia o 'Correio do Amor' e, através dele,
trocávamos recados, juras, saudade...

Leonardo sempre se aproximava da minha Silvinha, antes que eu pudesse fazê-lo!
Minha? Não! Acho que dele...
Mas eu não entregava os pontos e,
de contos em contos, formava minha plateia.

Um dia, eu contava histórias e Silvinha veio me ouvir.
Fiquei feliz. Ela nunca ligava pra mim.
Assentou-se no banco do jardim, com Leonardo ao seu lado!

Pensei numa tática segura, inventei uma armadilha,
para a qual atrairia Leonardo.
A vida dele ficaria em perigo e... eu o salvaria.
Pronto! Silvinha haveria de me amar para sempre.

Isto pensado, isto feito. Arranjei um cão raivoso e o mantive escondido.
Atirei uma bola na direção do animal. Leonardo saiu correndo.
O cão avançou sobre ele... Eu corri e o salvei.
Em seguida, entreguei-o a Silvinha.

Depois daquele dia, passamos a estar sempre juntos:
eu, Silvinha e Leonardo, seu cãozinho de estimação!
Isto são coisas somente deles, ou melhor, de todos nós,
Os eternos adolescentes!

Não houve cuidados que detivessem nossos quatro adolescentes. Os pares se entreolharam, choraram e trocaram abraços, como quem vence as barreiras das precauções. Mateus e o leitor tomaram as mãos de seus pares e as beijaram. As meninas ficaram emocionadas. O contador da história de Leonardo e Silvinha bem que podia estar ali, regendo, à semelhança de experiente maestro, as vivências daqueles adolescentes. Mateus tocou de leve o rosto de Sara, enquanto o leitor tocava, com doçura, os ombros da leitora.

- Nossas maiores riquezas não podem ser tocadas com as mãos! - murmurou a garota da cidade.

- Desculpa - respondeu o companheiro de leitura.

- Toque-me apenas com seu coração! - a adolescente pediu, prestes a se entregar.

Uma nova placa surgiu. Simbolizava pombas. Muitas pombas. Sara e Mateus apressaram-se a desenhar outras tantas no chão. O leitor e a leitora, papel e lápis na mão, desenharam outras daquelas aves. Os quatro jovens, tomados por estranha energia, puseram-se a desenhar sem cessar... Se o tempo ali fosse contado pelas idas e vindas do sol e da lua, diríamos que vários sóis e luas vieram e se foram, para tornar a vir. No coração do adolescente, a vigilância é a mola-mestra de suas tentativas, no sentido de se encontrar. Desse modo, vigilantes, buscavam desenhar pombas cada vez mais belas. Recordavam a velha canção folclórica, que se cantava em Crescência, quando o revoar daquelas aves podia ser contemplado na praça central:

Sem ti, não saberei viver.
Sem ti, a vida é tão triste.
Leva, pombinha,
leva meu recado para o meu amado,
que se encontra distante de mim.
Leva, pombinha,
leva minha carta para minha amada,

que se encontra tão longe,
talvez para não mais voltar.
Voam pombinhas, voam!...

Subitamente, Mateus parou de desenhar e correu em direção à placa que representava aquela ave. Tendo-se assentado diante dela, pôs-se a observá-la, à maneira de um cientista que observa o fato pesquisado. Seus cabelos cresceram, embranqueceram. Suas longas barbas roçaram-lhe os ombros. Tomou um gole do velho líquido, como costumava fazer sempre que quedava pensativo. Enquanto isso, Sara colhia frutos no pomar da casa. Trajava um longo vestido de chita e trazia na cabeça um chapéu tricotado. Fitas, que dele pendiam, emolduravam-lhe as faces ainda róseas. Mateus escrevia para, em seguida, rasgar o que havia escrito. Então, punha-se novamente a refletir.

- Descobri! Descobri! - exclamou Mateus, de repente, pondo-se a correr ao encontro da velha amiga Sara, que descascava frutas para a salada da tarde. - Finalmente, descobri! Há tantos anos que pesquiso e, agora, descobri!

Na sala de leitura, envelhecidos como o livro amarelado pelo tempo, o leitor e a leitora sorriram:

- Enfim, Mateus descobriu!

Em Crescência, Sara-anciã voltava-se para o amigo:

- O que você descobriu? Conte-me - ela pediu.

- Descobri o significado do símbolo das pombas na placa dourada.

- Fale-nos sobre ele, por favor!

- As pombas representam as almas bem-aventuradas no paraíso! - Mateus revelou.

Num piscar de olhos, o tempo caminhou para trás, e todos voltaram a ser adolescentes. Sara abraçou o amigo:

- Estou muito feliz por você - ela disse. - Sabia que iria descobrir.

- Acabei de dar um passo para a minha eternidade! - o rapaz exclamou. - Vi um símbolo e amadureci para entendê-lo! Não permiti que ele passasse em vão. Sabe, as coisas não acontecem à toa. Tudo se explica, tudo se justifica. Nada acontece por acaso. Tudo tem uma mensagem, uma essência. Eu vi a essência da placa dourada, onde havia pombas voando! Em vão haverão de ficar os desertores das essências!

O júbilo de Mateus era tal, que acabou por contagiar Sara, o leitor e a leitora. Os bosques de Crescência estavam começando a acontecer naquele coração adolescente!

- Veja como é grande o lago! - nosso rapaz disse à amiga de cabelos de ouro.

- Este lago é infinito! - informou ela, numa exclamação.

- Em lugar nenhum ele acaba?

- Ele é o alfa e o ômega, o princípio e o fim dos lagos...

Mais adiante, os símbolos se multiplicavam. Nossos jovens viajantes precisariam permanecer ali por uma, duas, três, ou muito mais vidas, se pretendessem decifrá-los todos. Alguns daqueles símbolos sequer eram deste mundo! Estavam ali de passagem, ou à espera de um novo mundo, que pode surgir. Nosso rapaz caminhava ao redor do lago, quando ouviu o som de um vento cantador.

- Caminhe pelo lago, Mateus! - ele cantarolou.

- Mas como? Vou me afogar - o garoto reagiu.

- O problema não é se afogar, meu amigo - Sara advertiu. - O problema é saber se podemos caminhar pelas águas deste lago.

- O que quer dizer com "Saber se podemos caminhar"?

- Ouça a história que vou te contar, Mateus - a menina propôs. - Eu a ouvi de um amigo de infância:

Eu andava na calçada.
Quantas vezes subia
a velha e longa ladeira!
A corrida infantil fazia de mim o mais ágil,
sempre pronto a vencer.
A despeito de seus muitos metros, eu corria.

Cansativas corridas.
Os meninos da minha idade
sentiam saudades, quando eu ia.

Ia para a cidade. Era cidade grande.
Lá eu morava, depois retornava ao lugarejo
de ar benfazejo. Era lindo!
Eu, criança feliz,
que brincava, estudava e mais nada! Sonhava.

Um dia chegou, que na correria daquela
longa ladeira encontrei Maria Lúcia,
filha da lavadeira. Parei... Voei!

De repente, a ladeira sumiu.
Surgiu um lindo pomar.
Colhi a fruta mais bela.

Na janela daquela casa
havia uma flor. Eu a roubei.
Tudo entreguei à Maria Lúcia.

Depois disso, não mais corri na ladeira.
Passei a subir lentamente por ela, passo a passo,
Segurando a mão da companheira.

Quão pequena era aquela ladeira!

Mateus olhou para Sara. Seus olhos brilharam. Estava livre para andar no lago, no lago-ladeira, segurando a mão da garota.

– Sim, antes a ladeira, agora o lago. Entendeu, amigo? – ela indagou.

O rapaz havia entendido. O lago era o maior de todos aqueles símbolos. Representava o amor em todas as suas dimensões. Nossos jovens viajantes dos Bosques de Crescência penetraram no símbolo do amor de almas em festa, puras, suaves e delicadas. Vários nichos iam surgindo, à medida que eles caminhavam pelo lago. Em cada um, havia uma inscrição, esculpida em ouro, cada qual numa língua diferente, distante, língua morta, talvez. É que, por aquele lago, muitos outros haviam passado e deixado suas marcas. Agora era a vez de Mateus e Sara. De repente, lá, na linha do horizonte, surgiu um símbolo muito grande, de um azul reluzente. Nele estava esculpido um manto. Tênue manto! Tênue e aconchegante. Os olhos de Sara brilharam. Sentia-se plena. Num salto, voou até aquele símbolo e leu a inscrição que havia nele: Dignidade. Sim, o manto era o símbolo da dignidade. A garota apertou as mãos de Mateus, olhando no fundo dos olhos do rapaz.

- Viu, meu amigo? Só assim se pode penetrar no Lago Infinito - ela murmurou.

Na sala de leitura, o leitor e a leitora deixavam-se envolver pela narrativa. A leitora pensou em pedir um manto de presente ao leitor. Foi quando sua consciência deu um grito:

- Não! Esse manto construímos com nossas próprias mãos! Com nossos próprios pés! Com tudo que somos! - foi a mensagem que ela ouviu.

Em Crescência, nossos jovens descobridores do Lago viram novo símbolo surgir. Era agora um enorme brasão, daqueles que a gente não encontra mais. Daqueles que se perderam nas fachadas dos grandes impérios familiares. Daqueles que já não cobrem de honra as pessoas que ali habitam.

- Aquele é o símbolo da Honra, Sara! - Mateus apontou.

- Sim, meu amigo. Você está certo.

- A honra que não se lava com sangue, mas enxuga-se, sim, com o entendimento solidário!

Do outro lado da história, o leitor correu e buscou, nos guardados de sua mãe, o velho brasão de seus antepassados. Nunca havia dado importância a ele. Não passava de um broche-deboche em suas maluquices de criança. Depois de haver contemplado o velho brasão, o rapaz apertou o objeto entre as mãos.

- Honra! - ele murmurou, pensativo.

- Dignidade! - disse a leitora, segurando um 'vê' azul, que havia trazido em sua bagagem.

No coração dos leitores, assim como nos de Sara e Mateus, uma música se fez. Provinha de algum lugar do imponderável, talvez das culminâncias dos anos-luz que nos separam das comunidades felizes, que habitam as esferas-esmeralda, que existem por este céu tão infinito quanto o lago do bosque.

Em Crescência, nossos viajantes prosseguiam em sua caminhada. Os nichos se sucediam. Vez por outra, Sara transformava-se em Mateus e Mateus em Sara. O fenômeno, todavia, só era perceptível aos habitantes do lago, que sorriam felizes pelos novos moradores daquele lugar.

- Veja, Sara, mais um símbolo! - nosso rapaz tornou a apontar.

- Onde? - indagou a garota.

- Lá, para além da linha do horizonte!

- Você consegue ver além da linha do horizonte? - Sara perguntou, curiosa.

- Claro que consigo. Eu posso tudo! - falou Mateus, entusiasmado.

- Que símbolo é esse? - a menina quis saber.

- É um cálice. Você sabe o que representa?

- Nos cálices servem-se vinhos. Vinhos na medida certa podem ser remédio, em excesso, embriaguez. Um ser embriagado é alguém que perdeu a consciência de si mesmo e perambula à mercê da maldade ou da bondade alheia - Sara falou com seus botões.

- Então devemos saber como tomar, no cálice, o vinho? - questionou Mateus.

- Sim, na medida certa, com perspicácia!

- Isso mesmo!... Perspicácia. Este é o símbolo do cálice, no lago do amor!

- Como a nos dizer que amar na medida certa é remédio salutar para nossas almas! - complementou Sara.

No quarto de leitura, a leitora exclamou:

- Incrível!

- Eu nunca havia pensado nisto! - o leitor comentou. - Sempre achei que os cálices guardavam segredos profundos. Que eram misteriosos e que, de tão misteriosos, haviam se tornado inadequados para o nosso tempo, de soluções rápidas e apavoradas.

- Então já descobrimos que no lago do amor existem a honra, a dignidade e a perspicácia - lembrou a leitora.

- Sim. Espero que Mateus e Sara não desistam de decifrar todos os enigmas do lago.

Os leitores quase atropelaram a leitura. Queriam prosseguir, descobrir que outras surpresas aquele local reservava para eles.

No Lago Infinito, a menina dos cabelos de ouro exclamou:

- Eis ali outro símbolo! É um escudo!

- Um escudo? Sim, estou vendo - disse Mateus.

- Para se viver o amor, é necessário vivê-lo com conhecimento. Os escudos podem nos proteger de agressores infelizes, que não conhecem esse sentimento sublime e o interpretam desastrosamente, podendo prejudicar àqueles que amam de verdade!

- Então o escudo representa o verdadeiro conhecimento do amor? - o rapaz quis saber.

- Sim. Precisamos conhecer o amor, a fim de penetrá-lo com honra, dignidade e perspicácia, entendeu, Mateus?

- Sara, casa comigo! - nosso jovem propôs, impulsivo.

- Ainda nem descobrimos o que é o amor! - a garota ponderou. - Prossigamos.

Na sala de leitura, o leitor quase repetiu as palavras de Mateus, para se dirigir à leitora. Conteve-se, todavia, ao ler a resposta da jovem viajante dos Bosques de Crescência.

- Se você pedisse para eu me casar com você, teria dito o mesmo que Sara - falou a leitora, inesperadamente.

- Você está sempre copiando as ideias da personagem - o leitor retrucou.

- Talvez eu seja uma peregrina do amor! - a jovem observou, reflexiva.

No Lago Infinito, Sara e Mateus ouviram o som de cornetas, anunciando novo nicho, novas gravuras, novas inscrições.

- Meu Deus, quantos tentaram! Quantos conseguiram penetrar o reino do Lago Infinito! - nosso rapaz murmurou. - Sara, diga-me o que acredita que seja o amor entre duas pessoas?

A menina olhou para o alto e sorriu, dando a entender que via alguém. Em seguida, fitou o amigo e o conduziu até um nicho sem inscrições. Lá chegando, fez com que ele se sentasse sobre um altar de mármore. Sara tomou assento ao lado do rapaz, pedindo-lhe que acalmasse o coração. Em instantes, suave melodia encheu-lhes as almas e uma silhueta angelical surgiu, cantando para eles, com afeto:

Era um dia de muita festa.

Loucura!, diziam uns.
Qual nada! Deixa os meninos!

No altar improvisado,
o padre recebia os noivos.

Ele, Marcos Fernandes, dezesseis anos.
Ela, Maria Cristina, quatorze aninhos somente.

Estaria ela grávida?

Não, não é nada disto.
Apenas se reencontraram.
Apenas são almas gêmeas.

Mateus olhou para Sara. Marcos Fernandes e Maria Cristina tinham suas idades e também estavam assentados num altar de mármore, tendo à frente uma sacerdotisa divina.

- Esta é a canção de Marcos Fernandes e Maria Cristina, Mateus - a menina observou. - A nossa canção ainda é outra.

- Mas, por que outra?

- Por que ainda não nos reencontramos!

- E quando vamos nos reencontrar? - Mateus indagou, impaciente.

- Só o tempo pode dizer.

Na sala de leitura, o leitor esbravejou:

- Tempo, tempo! É sempre essa história de tempo. Ainda não é tempo! Espera o tempo! O tempo vai chegar! Somos escravos do tempo.

Virando a página do livro, constataram que a seguinte estava em branco. Por que seria?

- Não vê que é o tempo? - a leitora falou.

- O tempo é branco? - perguntou o leitor.

- O seu tempo tem a cor que você quiser! É você quem o cria - a garota esclareceu.

O leitor ficou olhando para a página em branco, que tinha diante de si, e perguntou-se o que poderia criar ali. Depois de haver refletido, surgiu sua configuração do tempo.

- Veja! É assim que imagino o tempo - ele disse à companheira de leitura.

- Ver o quê?

- Na página que estava em branco, eu criei meu próprio tempo!

– Não consigo ver nada – a leitora falou. – Ou, melhor dizendo, vejo apenas o retrato do *meu* tempo!

Sim, cada um tem seu próprio tempo e pode escolher o que dele vai fazer, o leitor e a leitora conversavam. Foi aí que o leitor perguntou à leitora:

– Você acredita mesmo que as almas gêmeas existam?

– Almas coladas, grudadas, umas completando as metades das outras não. Acredito em almas afins que se tornam gêmeas nos interesses, conquistas superiores ou não – respondeu sensatamente a leitora.

– Também pode ser que Deus crie almas livres e independentes, completas como você falou, mas as criem juntas para que uma ajude a outra a crescer – refletiu o leitor.

– É, pode ser. Mas, quem agora pode afirmar isto ou não? – respondeu a leitora.

– Questão difícil esta. Mas, de uma coisa podemos ter certeza: todos somos livres, individualizados e colocados juntos para que uns ajudem aos outros. Depois, só muito depois, entenderemos Deus! – falou o leitor, ávido de continuar a leitura.

Assim, virando rapidamente a página do tempo, felizes reencontraram Mateus e Sara que, igualmente alegres, caminhavam pelas águas do Lago Infinito...

– Veja o sino! – exclamou a menina dos cabelos de ouro.

– Que sino? – o companheiro de caminhada quis saber.

– Ali, naquela placa – ela apontou.

– Outro símbolo?

– Sim.

– O sino badala? – o rapaz interrogou.

– E nos convida para alguma coisa – Sara respondeu.

– Ou nos alerta para tantas outras.

– Quando o sino toca... – a garota começou.

– As pessoas param, a fim de entender o significado de suas badaladas – Mateus completou.

- As batidas dos sinos têm um símbolo.

- É hora de... - desta vez foi o rapaz que começou.

- E as pessoas sensatas obedecem - a companheira acrescentou.

- Sim, elas obedecem ao que diz o sino.

- O símbolo do sino então é...

- Obediência! - Mateus completou.

- Mas os adolescentes dificilmente vão querer ouvir o sino! - Sara comentou.

- Isso vai depender do adolescente. Nossa, como você é pessimista! Pra trás! Não acredita nos adolescentes? - nosso rapaz protestou.

- Eu convivo com eles!

- Eu também.

Na sala de leitura, o leitor e a leitora continuaram a conversa, enquanto Mateus e Sara observavam atentamente a placa do sino. Gostariam de ouvi-lo, mas era apenas um símbolo!

- Acho que, no Reino do Amor, as pessoas obedecem só de olhar para o símbolo da obediência! - nosso jovem viajante dos bosques disse, pensativo, lá, no Lago Infinito.

- No Reino do Amor, quanto menos se falar melhor, Mateus - a amiga advertiu. - As conversas atrapalham a plena vivência do amor. Do amor de verdade, não desses farrapos que se costuma cultuar como sendo amor! Tudo que envergonha, destrona, dá medo, dá nojo, dá sensação de dúvida, não é amor. São buscas inconsequentes. O amor se busca da maneira como o estamos buscando: com honra, dignidade, perspicácia, conhecimento, obediência e o que mais viermos a descobrir.

Sim, aqueles jovens estavam preparados para penetrar no Lago Infinito. Teriam outros tantos por ali passado, sem o haverem conseguido penetrar? Sabem, como autor, fico pensando nisso. Um dia também fui adolescente. Como gostaria de ter conhecido esta história. Sempre procurei o Reino do Amor Infinito, mas ele sempre se distanciou de mim. Mas um dia hei de encontrá-lo definitivamente, não tenho dúvidas. Meu caso, contudo, não importa.

Importam, sim, as buscas dos adolescentes. Que prosseguiam, pois, caminhando.

- Voltando ao assunto das almas gêmeas, ou seja, das almas afins, você acredita que quando elas se encontram devem lutar para permanecerem juntas? - perguntou o leitor.

- Não sei. Vejo tanto encontro acabar em pancadaria, que juro que não podem ser encontros de almas gêmeas. As almas gêmeas se perdoam, se entendem - a menina falou. - E uma vez dadas as mãos, jamais as retiram - completou a leitora.

Não faltava sensatez às observações daqueles adolescentes da cidade grande. No fundo, queriam ser almas gêmeas! Porém, precisavam de tempo para descobrir se o eram ou não. Chegaram até a pensar que Sara e Mateus poderiam encontrar-se com Marcos Fernandes e Maria Cristina em meio aos bosques. A comunicação leitor-personagem, entretanto, é, às vezes, dificultada por razões alheias a ambos. Os leitores queriam saber de Marcos e Cristina, como era viver a dois, sendo almas gêmeas. Decerto seria uma bela lição para casais de almas gêmeas que, de repente, por um sintoma qualquer, deixam-se perder nos emaranhados de suas torturas pessoais. Marcos Fernandes e Maria Cristina, contudo, deviam estar muito ocupados com seus afazeres, que os fariam crescer infinitamente dentro do processo do 'eu te perdoo, porque te amo!'.

Enquanto isso, no Lago Infinito, Mateus e Sara prosseguiam sua viagem, em que símbolos se sucediam, até que mais um chamou a atenção de nosso rapaz, de maneira especial: era uma espada. O interessante é que ela mudava de posição, ficando, ora de cabeça para cima, ora de cabeça para baixo. Era muito polida e parecia ter sido feita com metal nobre. Isso levou nossos caminhantes do Lago a refletirem sobre as guerras do passado, em que exércitos poderosos cumpriam sua missão de estender domínios territoriais, sob o comando de grandes generais, a mando de reis e rainhas. Ali estava a espada. O que representaria aquele símbolo de guerra dentro do Lago Infinito?

Não seria um paradoxo? Sara fitou Mateus, como se pedisse a ele maturidade nas observações. O rapaz baixou os olhos:

- Admito minha pouca experiência para decifrar símbolos - ele disse baixinho.

- Não se preocupe, amigo - a menina procurou tranquilizá-lo. - Poucos são os que conseguem decifrá-los. O que não podemos é ficar em dúvida, toda vez que nos depararmos com algo que desconhecemos, ou que constitui enigma de difícil interpretação. Assim, o mais sensato é buscar ajuda, toda vez que não conseguirmos decifrar o significado dos símbolos.

- Você pode me ajudar? - Mateus perguntou.

- Se eu não puder, pediremos ajuda a quem possa - decidiu Sara.

Naquele momento, a menina dos cabelos de ouro fechou os olhos e permaneceu em silêncio. Não tardou para que o companheiro percebesse que aquele era um momento diferente. Nunca tinha visto sua amiga tão concentrada em um ato. De súbito, a menina começou a iluminar-se. Parecia que estava prestes a se transformar num sol. Mateus chorou, em silêncio. Estava diante de uma pessoa, que podia deixar de ser mera criatura humana, para assumir potencialidades próprias dos grandes astros regentes. Sara estava envolvida por raios multicores e seu peito tornou-se uma enorme bola de luz, transfigurando-lhe as faces, de modo que a garota parecia ser uma entidade vinda dos céus, muito acima. Nosso rapaz respeitou aquele momento. Apenas uma coisa gerava nele ligeira preocupação: a possibilidade de ter que continuar sozinho aquela viagem, caso sua amiga não voltasse ao normal. Sara era sua âncora e a luz era justiça para ela.

Após alguns instantes, contudo, a luminosidade que envolvia a garota desvaneceu-se e ela foi, lentamente, retornando à sua condição normal de menina humana.

- Pronto! Entendi - ela murmurou baixinho.

Um pouco surpreso e respeitoso, Mateus não ousou emitir uma só palavra. Preferiu aguardar que a amiga o fizesse. Como era costume acontecer, ela estava absolutamente convicta do que tinha a falar:

– A espada, aqui representada, é o símbolo do Cristo – a menina assegurou.

– Do Cristo? – o rapaz indagou, atônito.

Mateus já tinha ouvido Sara e seus pais falarem acerca de Jesus Cristo. Sabia que ele havia combatido o mal com a suavidade de sua presença. Por que, então, a espada para simbolizá-lo? Nosso adolescente perdeu-se em reflexões por um bom tempo e a amiga permitiu-lhe a liberdade de fazê-lo, limitando-se a permanecer calada, ao lado dele. O menino buscou um nicho, que se encontrava próximo. Tendo se assentado sobre um banco de mármore, colocou a cabeça entre as mãos e entregou-se a profundos questionamentos. Sara não fitava, agora, o rapaz. Conversava com a Sara interna, que tudo fazia para se manifestar. Depois de alguns minutos, Mateus olhou para ela:

– Não consigo fazer a ligação de Jesus Cristo com o símbolo da espada! – ele rendeu-se.

– Eu não disse Jesus Cristo, Mateus. Eu disse Cristo – a garota respondeu.

– Mas é a mesma coisa!

– Não, meu irmão. Jesus é substância e Cristo adjetiva a energia substancial.

– Jesus substancia e Cristo adjetiva. De onde foi que você tirou isto?

– Ora, Cristo é uma palavra que tem origem grega e quer dizer Iluminado – Sara esclareceu. – Assim, se juntarmos a substância com o adjetivo teremos Jesus, o Iluminado, entendeu?

– Então esse não era o nome completo de Jesus? – o rapaz perguntou, surpreso.

– O nome completo dele era Jesus, filho de José – a garota respondeu. – Era costume da época juntar o nome próprio do pai ao nome do descendente, como hoje fazemos com os sobrenomes. Nossos sobrenomes indicam de quem somos filhos.

Agora Mateus teria muito mais sobre o que refletir. Na sala de leitura, o leitor tratou logo de pronunciar seu nome completo. Compreendeu que trazia o sobrenome de sua mãe e de seu pai. A leitora fez o mesmo. Assim, a partir daquele momento, os jovens leitores passaram a entender o valor de seus nomes. Coisa simples, sobre a qual bem poucos param para pensar e passam uma vida inteira sem entender porque se chamam José da Silva, Pedro Albuquerque Lima, Maria Freitas de Oliveira, Marcelina Campos de Souza, etc.etc.

- É, nascemos de nossos pais e os levamos junto pela vida inteira - observou a leitora.

- É claro! Eles nos deram a vida e merecem a nossa eterna gratidão. Haveremos de nos lembrar sempre deles.

No Lago Infinito, Mateus aproximou-se do símbolo da espada. Depois de olhá-lo bem de perto, lembrou-se de algumas passagens da vida de Jesus. Ele tinha lutado contra o mal, expulsado demônios, curado enfermidades e morrera numa cruz, simbolizando uma espada de cabeça para baixo, como a nos dizer:

- Se te desejas tornar Iluminado, luta contra teus adversários e cura as tuas chagas. Depois, coloca tua espada de cabeça para baixo e imola-te com ela, dizendo ao mundo que és vencedor.

Mateus refletiu e voltou-se para Sara:

- Amiga, quem são nossos inimigos, contra os quais devemos lutar de espada em punho? - ele indagou.

- Nós próprios, com nossas imperfeições, resultantes de nossas maldades, de nossas violências, de nossa sensualidade fora de contexto, ou seja, de nossa vilania de toda sorte. Devemos empunhar a espada da coragem e da persistência, para vencer nossos bichos internos.

Sim, a lição estava dada: todos devemos caminhar para sermos Cristos e a espada da coragem é nossa grande ferramenta.

Na sala de leitura, pensativo, o leitor comentou:

- Entendi. Depois que tivermos vencido nossos problemas, devemos deixar que eles morram, colados à espada, que agora fica de cabeça para baixo, a fim de não correr o risco de machucar a quem quer que seja!

Não havia dúvida: o leitor acabava de assimilar a lição. Era necessário um tempo para refletir. Enquanto isso, a leitora recapitulava:

- Para penetrarmos no grande Lago Infinito devemos ter: dignidade, honra, conhecimento do amor, perspicácia, obediência e a vontade sincera de nos tornarmos iluminados.

No Lago Infinito, Sara dirigiu-se a Mateus:

- Você está certo, meu amigo. Necessitamos de tudo isso para caminharmos com segurança por este infinito lago.

- Sara, posso perguntar uma coisa a você?

- Claro, Mateus.

- Por que você ficou toda iluminada, quando fechou os olhos e permaneceu em silêncio?

- Eu estava orando - respondeu a menina. - Pedia a Deus que me explicasse o porquê do símbolo da espada.

- E pelo simples fato de ter pedido a Deus que lhe explicasse o significado do símbolo, você ficou feito um anjo?

- É o poder da prece - esclareceu Sara. - Se as pessoas soubessem que quando se faz uma prece, confiando que uma resposta virá, ela vem, passariam a lançar mão desse recurso com mais frequência em suas vidas.

- E sempre acontece assim? - Mateus quis saber.

- Em graus diferentes. Vai depender da fé. Quem acredita mais, recebe as respostas com mais facilidade. Quem acredita menos, quase não percebe as respostas que invariavelmente vêm.

- Então é necessário ter fé. E o que é a fé? - o rapaz questionou.

- Ter fé é ter certeza. Quando digo que tenho fé em Deus, estou dizendo que tenho certeza n'Ele. Somente quem tem certeza em Deus, pode penetrar-Lhe os fundamentos.

Aquela viagem estava se tornando muito diferente de tudo quanto Mateus, o leitor e a leitora haviam imaginado. Será que o autor estava predisposto a fazer daquele trabalho uma obra religiosa? Boa pergunta. De repente, do nada, começara a se falar em Deus, em Jesus, em fé e oração. Esses não são conteúdos que se costuma achar nas igrejas e templos religiosos? Em silêncio, o leitor e a leitora passaram a refletir e ter suas dúvidas. Religião é assunto sério e deve ser estudado à parte. Tão sério, que vivemos a religião em todos os momentos da vida, sem que disso nos apercebamos. Vivemos a religião até mesmo em nossas viagens pelas estradas do mundo ou pelas ruas de nossas cidades.

Na sala de leitura, os leitores resolveram retomar a narrativa.

– Vejamos o que vem pela frente – a leitora propôs, resoluta.

No Lago Infinito, tudo era quietude. Nem mesmo o caminhar de Sara e Mateus perturbava a ordem daquele local. Os nichos, os símbolos, o lago azul, os seres alados, que surgiam e sumiam, tudo obedecia ao comando da harmonia e nada a anulava. As conversas dos caminhantes eram aplacadas por descobertas, de modo que era permitido manter uma conversação, desde que para entender questões. Outros nichos e outros símbolos surgiram. Sara correu em direção a um deles:

– Veja, Mateus, que belo símbolo! – ela exclamou.

O rapaz aproximou-se. Do símbolo ou de Sara? Isso só as profundidades de seu coração poderiam responder.

– Nossa! É uma harpa pequena! – ele constatou.

– Não, Mateus! É uma lira – Sara retificou.

O garoto teria que vasculhar os dicionários da memória, se quisesse saber o que era a tal lira. Mas o tempo não o permitia, nem as circunstâncias. Assim sendo, o melhor que tinha a fazer era concordar:

– Tem razão – ele disse. – É uma lira. E o que ela representa?

– Representa a ternura daqueles que sabem tirar notas de suas cordas – respondeu Sara.

Do outro lado da história, a leitora lembrou-se, naquele momento, de que trazia uma lira em sua bagagem. Ela a havia recebido como presente antecipado por seu aniversário de quinze anos, que aconteceria na semana seguinte. Abrindo a bagagem, a garota contemplou a lira.

- Agora entendo! - ela murmurou.

- O que você entende? - o leitor quis saber.

- Entendo a razão que levou minha madrinha a me dar esta lira de presente. Achei que ela estava a fim de brincar comigo. No fundo, estava me dando uma grande lição!

- Também ganhei, certa vez, um presente de um senhor e, de início, achei que ele estava tirando onda comigo - o garoto comentou. - Mas depois percebi que aquele presente trazia alguma coisa embutida. Quebrei-o e encontrei várias mensagens de paz.

- E onde estão elas? - a leitora indagou.

- Não sei. Guardadas por aí.

- Sabe o que acabo de concluir? Que os presentes trazem mensagens. Quem dá um presente está querendo dizer alguma coisa e quem o recebe deve buscar entender o que vem embutido!

- Santo Deus! - o leitor exclamou. - Ganhei um perfume da minha avó. Será que ela está tentando me dizer que cheiro mal?

Benditos são os leitores que tiram conclusões de suas leituras e não passam os olhos por elas apressadamente, como quem se desvencilha de uma obrigação. Ler é enriquecedor. É necessário, contudo, saber do que desejamos nos enriquecer. Há leituras que enriquecem a alma e outras que a vilanizam. No Lago Infinito, Mateus estava encantado com o símbolo da lira.

- Veja, Sara, como é feminino! Parece com você! - o rapaz comentou.

De repente, do ventre daquelas águas, surgiram três belíssimas sereias. Empunhavam suas liras e cantavam um canto mavioso, como só elas sabem fazer. Sara desapareceu, deixando Mateus sozinho, em meio àquelas mulheres-peixe. Elas tocavam, cantavam um solo sem palavras e sorriam para ele. Nosso rapaz ficou de tal modo inebriado, que teve ímpetos de lançar-se nos braços daquelas personagens e ficar ouvindo, eternamente, aquela melodia. Sim, ali estava o néctar do amor, a expressão maior do prazer. Ali estava a paz procurada, a felicidade almejada. Quanto mais as sereias cantavam, mais Mateus se deixava fascinar. O resultado disso, contudo, é que, ao mesmo tempo, foi perdendo sua vontade, sua consciência, deixando-se arrastar para e por aquelas criaturas sedutoras.

De súbito, outro acorde se fez ouvir. Era mais forte, menos meloso, sem, contudo, perder a essência de uma melodia, que também encantava. O acorde passou a soar cada vez mais alto, deixando Mateus dividido entre o som das liras das sereias e o som dessa segunda lira, que vinha de algum lugar. Paralisado e sem saber que direção tomar, o rapaz se lembrou de sua amiga-quase-paixão e orou, pedindo a Deus que lhe indicasse o caminho certo a tomar, se o das sereias ou o da segunda lira. Pequena luz se fez em seu peito, trazendo-lhe alegria. As sereias foram voltando para o ventre das águas, enquanto seu cantar ia soando cada vez mais baixo, no ar. Simultaneamente, o som da outra lira tornava-se mais forte no coração de Mateus. Agora, ele sabia de onde vinha aquela segunda melodia. Erguendo os olhos, constatou que Sara era responsável por ela.

– Então, você sabe tocar lira? – ele indagou, enquanto fitava a amiga.

A menina nada respondeu. Apenas sorriu.

– Ela representa a ternura, Mateus! – Sara disse. – Você não entende?

Na sala de leitura, o leitor gritou, aflito, ao ver que a leitora também tocava a lira, que tinha sido presente da madrinha. Então, com lágrimas nos olhos, o rapaz fixou a companheira. Seu olhar era profundo.

– Você quer desenvolver a ternura em si mesma? – ele indagou.

– Agora entendo por que ganhei este presente de minha madrinha. E agora entendo porque ela sorri com tanta candura, sempre que conversa comigo – a garota respondeu.

– Ela ama você!

– Sim, ela me ama e eu achava que ela era uma chata! – a leitora admitiu.

- Dignidade, honra, conhecimento do amor, perspicácia, obediência, iluminação e ternura. São estes os recursos para se andar no Lago Infinito - concluiu o leitor.

Naquele instante, de volta à história dos bosques, a leitora percebeu que Mateus se aproximava de Sara. A menina de cabelos de ouro estava envolvida em ternura e o rapaz a fitava como quem contempla a coisa mais desejada. Apanhando lápis e papel, a leitora escreveu:

Era noite alta.
Naquela madrugada,
Mateus andava tão triste.

Bem que os vaga-lumes
tentavam trazer-lhe luz.
Bem que o riacho tão próximo
inundava de paz o arredor.

Mateus andava.
A cigarra cantava-lhe velha melodia.
A única que a pobre sabia.

Os sapos, os galos, a estrela cadente,
nada, decididamente nada,
fazia Mateus mais feliz.

Era uma casa branca.
Diante dela,
parou nosso caminhante.
Lá dentro, a mais pura flor.
Sara, o primeiro amor
daquele andarilho noturno,
meio menino.

Mateus pegou velha lata e,
com repiques cadenciados,
entoou linda serenata.

Mateus estava amando.
Só isso!

Era assim mesmo. Mateus estava amando. Era seu primeiro amor. Outros momentos vividos antes de Sara, nada mais tinham sido para ele que preâmbulos. Nada sério. Sara era seu primeiro amor. Havia encontrado, enfim, o que tanto procurava. Mas, e ela? Será que pensava o mesmo? Afinal, ela havia dito tantas vezes que eram apenas amigos... O melhor e mais sensato a fazer era mesmo esperar. O tempo, sempre o tempo, é que nos dá a melhor resposta. Situações há que exigem amadurecimento, enquanto outras já estão maduras. O caso de Sara e Mateus pedia, ao mesmo tempo, calma e ação.

Outro símbolo surgiu: uma antiga arma, daquelas que já não se usam mais e que, contudo, guardam em si o respeito pelo que foram um dia.

– Uma arma! – Mateus exclamou.

Antes que tivessem tempo para descobrir o que ela representava, tiveram grata surpresa: uma menina camponesa surgiu de um nicho prateado e, com extrema pureza, contou-lhes sua linda história:

Era música. Era saudade.
Na maldade do tempo,
na janela, na varanda,
quanta lembrança!

Eu só tinha treze aninhos.
Ele havia aparecido e
tinha completado dezoito.

Tocou minhas mãos,
levantou-me no ar.

Eu fiquei toda boba
e, num salto inesperado,
beijei suas faces tão lindas.

Tiãozinho, meu irmãozinho,
vendo o que acontecia
e, sendo a esperteza sua mania,
jogou uma valsa no ar.
E eu dancei.
Dancei feito noiva,
menina de quinze anos!

Ele me abraçou.
– Eu te amo – ele disse.
– Repete – eu pedi.
– Eu te amo para sempre.

Depois era cedo.
O pessoal da fazenda
cantava o novo dia
e, então, eu acordei.

Pulei da cama.
Queria vê-lo.
Renato, filho do vaqueiro,
voltava do pasto.
Passava bem longe...
Foi com ele que eu sonhei!

Num voo, a menina camponesa tomou as mãos de Sara e Mateus e, a seguir, as do leitor e da leitora. As quatro mãos estavam, agora, unidas. Então, a jovem camponesa sorriu e disse:

- Tudo começa no sonho!

Um som de relógio se fez audível a todos, inclusive aos leitores. Várias vozes adolescentes, de rapazes e moças, fizeram-se ouvir, igualmente, numa canção repicada. Pássaros azuis faziam os contracantos. E era assim:

Na casa de Fernandinha
havia um velho relógio.
Horas. Quantas horas...
Horas que marcam o tempo.

Tic tac... Tic tac...
Depois ressoavam badaladas.

Tic-tac... tic-tac...
Quanto tempo se passou?

Fernandinha, menininha,
crescia ouvindo o relógio.

Na sala, seu namorado
escutava o badalar:

– Dão..., Dão... Dão... Dão...

Um dia, Saulzinho,
filho de Fernandinha,
ouvirá o velho relógio.

Criança, adolescente, adulto, velho...
Tempo que gira
e passa depressa.

– Tic... tac... Tic tac...

Fernandinha acordou.
Era hora de ir para a escola,
preparar-se para a vida.

O relógio de Fernandinha
marca agora treze anos.

Tempo bom para sonhar!

Sim, a camponezinha alada fazia uma apologia aos sonhos. Quem não sonha, não realiza. Sonhar é desejar, planejar, estabelecer maneiras de fazer alguma coisa que traga prazer, alegria. Aqueles adolescentes deveriam sonhar sempre. Os sonhos não têm idade, nem visitam corações que se prendem a faixas etárias. Assim, os idosos também sonham. Sonham com o dia seguinte. Sonham em realizar o que ficou para trás, guardado nas gavetas dos devaneios. A menina camponesa desapareceu, enquanto as mãos entrelaçadas de Mateus e Sara, do leitor e da leitora permaneceram assim por um bom tempo, até que se lembraram do símbolo da arma. Foi muito fácil para os adolescentes decifrá-lo: a arma sempre aponta para um alvo, um objetivo. E é isso que precisamos ter constantemente: um objetivo. Para alcançar seu alvo, a arma libera o gatilho. Para alcançarmos nossos objetivos, devemos nos libertar de nossas clausuras. Alvo atingido, missão cumprida.

Naquele momento, um imenso santuário surgiu frente aos olhos dos quatro adolescentes. Era belíssimo e ricamente adornado. Nenhum escultor, ourives, nem mesmo o mais famoso artista seria capaz de projetá-lo e construí-lo. Nossos jovens desejaram cruzar suas portas. Perceberam, todavia, que cercas iluminadas se colocavam à sua frente, trazendo inúmeros símbolos, que teriam que desvendar. Já sabiam que, para caminhar com segurança pelo Lago Infinito, necessitariam de dignidade, de honra, do conhecimento do amor, de perspicácia, de obediência, de iluminação, de ternura e de objetivos. E agora, do que mais necessitariam? Aquele santuário parecia pedir para ser penetrado por nossos adolescentes.

- Faltam os paramentos - disse uma voz inexistente.

- Que paramentos? - Mateus perguntou.

Silêncio. Nenhuma resposta. Da janela de uma velha casa, uma velha senhora, iluminada por conhecimentos, contou uma lenda:

Na janela daquela casa,
cada dia, nova história
e a grafia é feita de contas.

Ricardinho bem cedo se mudou.
Prometeu a Renatinha
o seu amor para sempre.

Promessa bem verdadeira.
Com certeza, haveriam de se reencontrar.

Renatinha orava às tardes.
Ricardinho estudava tão longe.

– São adolescentes – diziam.
– Um dia esquecem.
– Surgirão outras pessoas.

É mesmo assim.
Ninguém acredita
no amor adolescente.

Renatinha e Ricardinho encontravam-se à noite,
em seus sonhos primaveris.
Eram fiéis e felizes
e preparavam o futuro.

Quando há sinceridade
no amor adolescente,
há respeito e proteção,
ternura, seriedade e admiração
e Deus protege os pares.
E os outros, coitados!
Falam... Falam... Falam...

Os quatro adolescentes, ali presentes, mal tiveram tempo de se entreolhar. Sim, o amor estava acontecendo entre eles. Era preciso, apenas, que Sara se decidisse. Mas que amor era aquele entre eles? O amor tem muitas facetas! Então, não se saberia dizer se o amor que acontecia entre nossos quatro jovens era como o amor de Ricardinho e Renatinha, ou como o mais puro amor de amigos. Pensavam, auscultavam-se, embaralhavam os sentimentos, à semelhança de como um mágico embaralha as cartas, para colocá-las em ordem no momento em que menos se espera, da forma mais rápida e formosa possível. Pensavam... Pensavam... Foi quando surgiu, inesperadamente, um violeiro vestido como nos tempos medievais. Abraçado ao seu instrumento, ele cantou:

Aquela janela era centenária.
Quando menino, vi o Clorindo sonhar.
Clorindo tinha doze anos.

Eu tinha sete. Vi também a dona Hermínia,
que tinha setenta e dois.

Todos, no espaldar da janela,
contemplavam, através dela,
o caminho que leva aos sonhos...

Qual o segredo dela?

Olhava o verde da mata ou o azul sem limites.
A passarada fazia o seu ninho
no cantinho da varanda e vinha tratar seus filhotes.
Bois, cães... Passava também uma pipa.
Na rua deserta, passavam pessoas.
E uma criança que, correndo, alcançava a bola.
Passava também o vento, a chuva, o sol.
O segredo daquela janela é que, por ela, a vida passava.
Eu já tinha setenta e dois e,
nela, passei toda a minha vida.

E tudo começou quando eu tinha doze...
Eu, adolescente, aprendiz iniciante
dos doces mistérios da vida.
Nunca mais saí daquela janela!

Várias janelas apareceram naquele Lago. Várias janelas apareceram na sala de leitura, onde agora se encontravam, de novo, o leitor e a leitora. Soltando-se as mãos, correram, ambos, para suas janelas. Através delas viram o mundo que sonhavam ver. Cada qual descreveria o seu. Cada qual viu a Terra da maneira como a desejava. Janela mágica, que a partir daquele instante seria centenária para aqueles adolescentes.

– Já pararam para olhar através de sua janela? Pois saibam, que só penetra no Santuário do Lago Infinito, aquele que olha através de sua janela - tornou a falar aquela voz inexistente.

Ao longe, surgiu o símbolo de um cordeiro. Ele, ali, representava nossa lealdade ao desejo de iluminação. Depois veio o símbolo das âncoras, que representavam a eterna remissão de nossos erros. Em seguida, apareceu a imagem de um pescador, simbolizando nossos trabalhos, afastando-nos dos perigos da preguiça. Então surgiram moedas, medalhões e, por fim, o símbolo de um peixe. Este último chamou a atenção de todos, inclusive a do autor, do editor e de seus amigos.

- Um peixe? - perguntou o editor.

- Sim, um peixe - respondeu o autor.

- E o que representa o peixe? - perguntou o amigo do editor.

- Também queria muito saber. Minha avó tinha um broche, que era um peixe. Nunca tive coragem de perguntar a ela o que representava - falou o amigo do autor.

Antes mesmo que o autor, no auge de suas pesquisas, pudesse responder a tantas perguntas, a porta principal do santuário se abriu e, lá de dentro, uma voz presente informou:

- Observem que há uma inscrição abaixo do peixe: ***Ichthys***.

Todos olharam e viram que havia, de fato, tal inscrição.

- Sara, o que representa isto? - Mateus indagou.

- Não sei. Ainda sou muito menina, amigo.

Foi, então, que a voz do santuário respondeu:

- Jesus Cristo, Filho de Deus, Salvador!

Na sala de leitura, o leitor manifestou-se:

- Eureca! Agora eu entendo.

- O que você entende? - indagou a leitora.

- Minha mãe me disse que quando os primeiros cristãos queriam fazer suas reuniões às escondidas, nas catacumbas de Roma, eles desenhavam um peixe na porta daqueles que já estavam estudando o Evangelho de Jesus. Isto queria dizer que, naquela noite, eles iriam se encontrar.

- E o desenho sumia? - a garota quis saber, intrigada.

- Quando eles avistavam o símbolo, tratavam logo de apagá-lo, para não serem descobertos!

- Senão...

- Senão seriam lançados aos leões nos circos ou queimados vivos! - o leitor acrescentou.

No Lago Infinito, Sara e Mateus ouviram o que os leitores haviam dito. A partir de então, passaram a compreender o que significa o símbolo do peixe, quando se trata de Cristianismo.

- Meu Deus! Este Lago tem muitos símbolos ligados a religião! - nosso rapaz exclamou.

- E o que é religião? - perguntou a amiga.

- Não sei. É ir à igreja ou a qualquer templo para rezar? - ele arriscou.

- Religião é ligar-se a Deus. Só isso - Sara esclareceu.

- Então, para penetrarmos neste Santuário, teremos que estar ligados a Deus?

- Isso mesmo. Além de atender a todos os outros símbolos que vimos lá atrás, é claro.

- O que deve haver dentro deste Santuário?

- Imagino que seja algo muito divino! - Sara aventou.

- E, às vezes, arriscamo-nos a perder a chance de penetrar no Santuário do Lago Infinito por coisas tão pequenas, tão mundanas - falou uma voz, que vinha do interior do Santuário.

Subitamente, os quatro adolescentes ficaram frente a frente com seus pares. Tendo-se dado as mãos, Mateus e Sara, o leitor e a leitora puseram-se a falar entre si:

SARA

Sim, o salão estava repleto.
Decerto, o Hélio também viria.
Sonhei tanto com aquele dia.
E ele bem que chegou.
Meu Deus, quanta gente!

Gente que nem conheço!

LEITORA

Meus pais estavam felizes.
Na vida, nunca fui tão querida.

MATEUS

Presentes, abraços, seus avós contentes,
fizeram viagem tão longa.

SARA

E onde é que está o Hélio?
Aquele garoto não chega.
E... É quase hora!

LEITOR

Calça o sapato, menina.
A valsa vai começar...

LEITORA

Finda a valsa, ele apareceu.
Seus olhos avermelhados
estavam molhados de chuva.

MATEUS

O seu corpo em ziguezague
tropeçava sem parar.

SARA

E era por ele que eu estava ali,
no meu sonho de ser noiva no futuro.

LEITORA
Eu só tinha quinze anos!

A leitora abraçou-se desesperadamente ao leitor.

- Você não vai se atrasar para a minha festa, vai? - ela perguntou.

Diante da reação da garota, o leitor chorou. Sim, ele era muito importante para aquela menina.

- Claro que não vou me atrasar - ele respondeu, docemente. - Quero vê-la sonhando de noiva.

- Eu serei princesa e você...

A campainha da sala de leitura tocou, deixando inacabada a frase da leitora. Era a tia do leitor, que vinha trazer guloseimas para os adolescentes. Era hora do alimento. Fazia tempo que o sobrinho e a amiga estavam lendo. De qualquer modo, o leitor teve que se conter para não dar um grito de tristeza. Afinal, acabara por ficar sem saber da leitora o que ele seria na festa de quinze anos dela.

Naquele momento, Sara e Mateus sentiram que seu tempo no Lago Infinito estava terminando. De dentro das águas soou uma canção diferente. Era um convite às despedidas. O Santuário ali estava. A porta principal, agora entreaberta, solicitava daqueles viajores a devida preparação para adentrá-la. Sim, o tempo ainda não era chegado. Todavia, nossos viajantes compreenderam que aquele Santuário guardava riquezas, capazes de enobrecerem as almas. A canção embalava os adolescentes. Então, eles se abraçaram, como quem se abraça na hora que antecede o adeus. Ainda bem que prosseguiriam juntos. Todos os símbolos tinham ficado para trás. Todos eles haviam sido importantes naquela jornada e seriam lembrados para sempre.

- Qual o símbolo mais importante?

- Não sei. Todos o são.

- Sim. Todos.

Os símbolos funcionam cada qual na sua hora e nossos caros viajantes agora sabiam disso. Pensavam em deixar o Lago, quando ouviram um choro. Era um lamento sentido, vindo de alguém já adulto. Os adolescentes procuravam descobrir de onde vinha aquela expressão de dor, quando avistaram, lá ao longe, bem distante do Lago Infinito, um andarilho, que perambulava pelas bordas. Era, de fato, quase um mendigo. Sua presença despertou a compaixão dos adolescentes, que foram até ele. Queriam saber quem era, o que ali fazia e porque se trajava daquela forma. As sereias tornaram a emergir. Uma tinha nas mãos uma gaita, outra uma flauta e a terceira uma lira. O som daqueles instrumentos encobria os rumores do lago. Mateus ficou perturbado, tomado por um súbito desejo de lançar-se às águas e afogar-se nelas. As sereias entoaram seu canto, que o garoto sentiu-se impelido a seguir, tal o encanto que aquele cantar exercia sobre ele. Chegou bem à borda do lago e...

Na sala de leitura, o leitor gritou, apavorado.

- Não pule, Mateus! Não pule! Não vê que é uma armadilha?

- Se pular, vai se apaixonar pelas sereias, garoto! Não pule! - pediu a leitora.

Como se tivesse ouvido as súplicas dos leitores, o jovem conteve-se. No lago, as sereias continuavam a cantar e tocar seus instrumentos. Mateus permaneceu imóvel entre as águas e Sara, que o aguardava para conhecer a história do andarilho. Inesperadamente, o maltrapilho caminhante deu um grito e, olhando para as sereias, rogou:

- Por favor, de novo não! Sumam! Desapareçam!

Nosso rapaz ficou sem entender a reação do homem. Não eram elas habitantes do Lago Infinito, que leva ao Santuário?

- O Santuário está acima e elas habitam abaixo! - o andarilho advertiu.

Aquela frase ecoou no coração de Mateus, que permaneceu em silêncio. Então, ele lançou um olhar em direção ao Santuário para, em seguida, fixar as sereias. Enquanto isso, o caminhante maltrapilho contorcia-se sem parar e chorava convulsivamente. Olhando para trás, Mateus avistou Sara, que o aguardava com paciência. Ela estava convicta de que as sereias apenas encantam. Ao contemplar os olhos amados da menina de cabelos de ouro, seu rosto róseo e sorriso contido, nosso rapaz não teve dúvidas: caminhou em direção a ela, que o recebeu feliz.

- Quem é o tal andarilho? Você já descobriu? - Mateus perguntou.

- Não. Estava aguardando você - respondeu Sara.

Aquela menina era mesmo imprevisível. Sabia falar e fazer as coisas na hora certa e com as pessoas certas. Não se deixava levar simplesmente pela aventura e não colocava seus pés onde pudesse haver areia movediça. Jamais respirava o ar que pudesse estar contaminado. Não se permitia deixar poluir por sons que não enobrecessem a alma. Não gostava de fumaça. Ela sabia que somente mantendo o foco nas coisas, é possível entender-lhes a essência. Sabia, também, esperar sem interferir. Por isso havia esperado por Mateus.

- Perguntem quem é o tal andarilho - o leitor pediu, aflito, na sala de leitura.

- Deve ser um estraga-prazeres! - aventou a leitora, sem avaliar devidamente suas palavras.

- Quem é você? - Mateus perguntou ao homem maltrapilho.

- Meu nome é Arruneiro - respondeu ele.

- Arruneiro? Que nome esquisito! Esse cara não deve ser daqui - o rapaz comentou.

- Deve ser um pseudônimo - Sara concluiu.

- Perdi meu nome, por isso me chamo Arruneiro - o andarilho explicou. - Foi um nome que encontrei por aí, andando perdido, lamentando o que passou. Se tiverem um nome melhor, por favor, podem me dar de presente.

- É estranho que uma pessoa peça um nome de presente! - o leitor exclamou, do outro lado da história.

- Não se lembra de que os presentes trazem mensagens? - observou a leitora, pensativa, antes de prosseguir. - Esse caminhante bem podia dizer quem é. Desse modo estaríamos aptos a dar a ele um nome que tivesse, em si, a mensagem apropriada às necessidades dele.

Junto ao Lago Infinito, Sara dirigiu-se ao homem:

- Fale-nos sobre você - ela pediu, com gentileza.

- Querem mesmo saber sobre mim?

- Sim, queremos - Mateus assegurou.

- Eu era um meninão - iniciou o desconhecido - daqueles que acham que a vida é mera informação, que surge nas telas dos computadores ou de qualquer outro equipamento que queiram inventar. Eu ria de mim e dos outros. Comia sem parar. Corria, jogava bola, era o melhor! E, quando não era, tratava de dar um jeito de eliminar quem o fosse, a fim de tomar-lhe o lugar. Fui crescendo e, nas conversas com amigos, eu sempre dizia:

Não me falem em casamento.
Desse tormento quero distância.
Pra que casar? É tudo tão livre!

Quero curtir e zoar.
Casar? Isso é coisa pra otário.
Assim eu pensei e vivi
dos treze aos vinte e quatro.

Vinte e cinco namoradas.
Hoje, todas elas casadas,
parece mesmo uma lição.

Agora só penso no futuro.
Antes eu era obtuso,
senhor de toda a verdade.

Eu era o bom.
O rei do rodeio,
domador de chicote na mão.

Por incrível que pareça,
eu perdi minha princesa,
por não acreditar no amor.

A princesa se foi.
Casou-se com outra pessoa.
Esperou tanto por mim e
não dei nada para ela.
Apenas meus restos noturnos,
diurnos? Restos sem distinção.

Agora cheguei noutro tempo.
Estou cansado. Já passo dos trinta anos.
Os anos passaram e eu não soube amar.
Duvidei até de mim mesmo.

Como e onde recomeçar?
Alguém pode me indicar?

Fez-se pequeno alvoroço. O andarilho começou a bater numa lata velha e saiu à procura de seu elo perdido. As sereias se agitaram. Enquanto o homem caminhava, elas mergulhavam, para tornarem a voltar à tona. O maltrapilho caminhante se foi. Na certa, daria continuidade às suas procuras, intermináveis procuras.

Na sala de leitura, a leitora perguntou a Sara:

- Você ainda acredita no casamento?

- Sim. Os casamentos formam famílias - respondeu nossa jovem viajante dos Bosques de Crescência.

- Então, as famílias não podem ser formadas, sem que para isso haja a necessidade de se casar? - o leitor quis saber.

- Pelo que tenho visto aqui, no Lago Infinito, os casamentos fortalecem as famílias - Mateus observou.

- Explique melhor.

- Os filhos precisam que seus pais estejam bem unidos - Sara esclareceu.

O leitor bem sabia daquela verdade. Era possível que seu pai tivesse sido um adolescente rei-do-rodeio, domador de chicote na mão, em busca de namoradas. Um dia, acabaria por encontrar o Lago Infinito e, naquele lugar, não seria mais do que um andarilho maltrapilho, muito distante do Santuário.

Sara e Mateus deram-se conta de que era mais do que hora de darem prosseguimento à caminhada. Antes de seguirem, fitaram o leitor, que deixava a todos compadecidos.

- Não foi só o seu pai que agiu assim - disse a leitora, tomando as mãos do amigo, a fim de confortá-lo. - A ex do meu irmão fez o mesmo. Ela, decerto, haverá de se tornar, também, uma andarilha em busca do Lago Infinito.

10. VALE DAS MÁSCARAS

Prezados leitores e leitoras: nossos viajantes dos bosques passarão, agora, pelo Vale Desnudo. Sim, aqueles que buscam a autossuperação precisam passar por provas, assim como aconteceu com os grandes conquistadores do passado. Penetraremos, agora, no perigoso reino das máscaras, que se formam a partir das escolhas da personalidade que, então, multiplica-se, a fim de atender aos desejos da individualidade. Isso acontece enquanto ainda se é incapaz de alcançar a autoiluminação, que possibilita que o Deus interno se faça presente através de cada criatura. Portanto, não se assustem.

O Vale Desnudo é um lugar tenebroso e Mateus e Sara não o conhecem bem. Ainda não têm familiaridade com as máscaras. É uma pena que muitos garotos e garotas da idade de nossos viajantes já estejam tão familiarizados com elas! As máscaras se constroem através de mentiras. Acredita-se, muitas vezes, que uma mentirinha de nada não tem importância. Mas a verdade é que essas tais pequenas mentiras assumem formas e forças. Desse modo, sem se dar conta, a pessoa fica presa a elas e passa a ser serva das inverdades!

As mentiras funcionam como uma bengala, com o propósito de satisfazer a autoestima, toda vez que esta se encontra em baixa e não se busca maneiras adequadas de recuperá-la. Tais maneiras costumam demandar esforço e energia, contudo, são as únicas que funcionam.

Muitas pessoas perdem a ideia de quem de fato são, tamanho é o número de máscaras de que se utilizam. Tentam mostrar aos demais que são fortes e talentosas, mas no fundo promovem tristezas, aborrecimentos e transtornos mentais de alta periculosidade.

Isso posto, podemos dar prosseguimento à nossa história: Mateus e Sara deixaram o Lago Infinito de mãos dadas. A narrativa do andarilho foi esquecida, uma vez que não fazia parte das histórias de nossos jovens viajantes. Eles preferiam pensar na beleza dos símbolos, do lago e do Santuário, no qual poderiam penetrar, um dia, quando estivessem devidamente paramentados.

Repentinamente, o Bosque foi ficando escuro. O ribombar dos trovões, os relâmpagos que cortavam o céu e o ruído de tempestades assustaram nossos adolescentes. Desejariam voltar atrás, mas não era mais possível. Só havia um caminho a tomar e ele passava pelo Vale das Máscaras. Mateus apertou a mão de Sara. No fundo, tinha medo.

- Se quisermos nos paramentar adequadamente, para adentrar no Santuário, temos que necessariamente conhecer este local - disse a menina dos cabelos de ouro.

O rapaz permaneceu em silêncio. Afinal, ele era o homem e cabia a ele proteger a ambos. Não daria aquele gostinho ou qualquer preocupação ao anjo que caminhava a seu lado. Sons estridentes, gargalhadas confusas e neblina compunham a paisagem em que transitavam. O sol tinha desaparecido e fazia frio.

- Precisamos nos agasalhar - disse Sara, antes de retirar da bagagem que carregava dois cobertores enormes, nos quais ela e Mateus se enrolaram.

Naquele instante, nossos jovens viajantes também pareciam andarilhos.

- É preciso que caminhemos disfarçados pelos vales - a menina observou.

Na sala de leitura, a leitora balançou a cabeça, com desaprovação:

- Não se entra de peito aberto onde há grande perigo! - ela murmurou, preocupada.

No Vale das Máscaras, Sara voltou-se para o companheiro de viagem:

- Devemos ser corajosos, mas nunca provocadores - ela advertiu.

Do outro lado da história, a leitora concordou:

- Quem provoca recebe o troco que bem merece!

Enquanto caminhavam, Sara tornou a falar:

- Somos todos almas irmãs. Uns melhores, outros ainda nos pântanos e nos vales.

Na sala de leitura, a leitora, com ares de iluminada, tornou a concordar com a menina de Crescência:

- Não existem monstros humanos. O que existe são almas doentes ou em construção.

Mateus e o leitor limitavam-se a ouvir. Meninos são práticos; meninas observadoras. Quem é prático faz; quem observa, conduz. Ambos são importantes. Por isso Deus criou meninos e meninas. Ninguém é melhor que ninguém. Um é a outra face do outro. Um é o espelho do outro. Portanto, quem quiser se conhecer melhor, deve observar o outro ou a outra a quem procura.

Nossos caminhantes perceberam que o solo naquele lugar era escorregadio. Era preciso ter cuidado ao pisar, evitando as correrias próprias da adolescência. Além disso, as conversas, ali, tinham que ser contidas, contrariando o falar alto e descontraído dos jovens. Afinal, há tempo e local para tudo! No Vale das Máscaras, todo cuidado se fazia necessário, como acontece em todo lugar onde se detecta a existência de vales sombrios: de um buraco escuro pode surgir uma serpente, um dragão, um lagarto feroz ou, até mesmo, um duende desavisado e prender-nos as pernas em seus laços fortes. A cada passo dado, a mente deve estar preparada para calcular o seguinte.

Era desse modo que Sara conduzia Mateus. O vale tornava-se, a cada instante, mais escuro e tenebroso. Era tempo de medo e o medo funciona como alerta. Aquele que nada teme, corre o risco de incorrer em sérios perigos! O temor é portal dos cuidados, das observações, do saber o momento de prosseguir ou não, do buscar a melhor maneira de seguir em frente, se lutando ou fugindo.

Nossos jovens caminhantes prosseguiam: um grito aqui, um grunhido ali. A respiração não podia ser ofegante e não havia como voltar atrás, tal era a situação de Sara e Mateus. Ao atingirem o topo de alguma coisa, eles pararam. Lá embaixo, havia uma algazarra: máscaras riam, divertiam-se e bebiam a bebida que entorpece. Dentre elas, uma surgiu com risos estranhos, olhos esgazeados e rosto amarrotado. Tendo subido num pedaço de tronco, que lhe serviu de trono, falou com irreverência:

No dia da formatura,
jurei uma bela surpresa.
Eu era mesmo tão jovem.
E os jovens são irreverentes.
Dentro em pouco o vestibular e
eu queria era zoar,
zombando do tempo que tinha.

Quando o velho diretor
chamou o meu nome bem alto,
dei um grito estridente,
assustei a toda a gente,
causei enorme confusão...

Naquele momento, o declamador fez pequena pausa, a fim de ouvir os gritos e aplausos:
Bravo!... Bravo!... Bravo!...

Meu avô, octogenário,

tinha problemas no peito.
Caiu. Ficou. Parou.
Depois voltou. Foi um susto!

Todos riram e gargalharam. Sara falou bem baixinho, ao ouvido de Mateus:

A irreverência é assim:
costuma assustar quem dela faz uso.
E aquela lição foi tão dura!

O declamador pensou um pouco, coçou as faces amarrotadas e concluiu:

Passei no vestibular.
Vejam, ainda sou jovem,
mas...

O silêncio dos vales é, talvez, o que os torna ainda mais tenebrosos. E era isso que ali havia: um silêncio profundo. As máscaras sumiram. As máscaras de cada um são guardadas nalgum lugar, para depois ressurgirem, nas horas certas ou incertas...!

- Vamos continuar Sara? - propôs Mateus, cheio de medo.

- Sim, amigo - ela concordou. - Permaneçamos em prece.

Ambos pediram a Deus que os protegesse e que lhes indicasse a saída daquele Vale Desnudo. Inesperadamente, surgiu, diante deles, uma adolescente nua. Estava despida e manchada, machucada e ensanguentada. Nem assim parava de rir. Cabelos de arame, sujos, oleosos caíam-lhe sobre a face terrivelmente feia. De sua boca saía um fedor, que nossos caminhantes mal podiam suportar.

– "Moça!" chamou-me a criança.
Amarra os sapatos pra mim?
– Eu? Abaixar até seus pés

e pagar este mico tão grande?
A menina saiu correndo.
Tropeçou, caiu e quebrou
seus primeiros dentes.
E o que ela queria mesmo
era só que eu amarrasse
seus lindos sapatinhos!...

O estado de humor da máscara se alterou. Ela tornou-se tensa e chorosa:

Quantas vezes?
Quantos sapatos amarraram quando eu era criança?

Pagar mico!
Acho que fui infeliz.
Ser amigo, ser prestativo é amar.
E o que é o amor?
É o calor que queima a gente?

Não. Acho que isso é, de fato,
pagar um belo mico.

A máscara seguiu seu caminho em direção ao vale. Enquanto isso, Mateus, Sara, o leitor e a leitora refletiram a um só tempo:

– Será que isto já aconteceu comigo? Será que alguma criança já me pediu para abaixar e amarrar seus sapatinhos? Ou será que deixei de ajudar um idoso, alguém, minha mãe, meu pai, minha família, vizinhos, amigos... inimigos?... Só pelo fato de achar que eu poderia estar pagando um mico?

O leitor e a leitora, que não se encontravam no Vale, mas no quarto de uma casa ensolarada e arejada, deixaram que o livro permanecesse fechado por algum tempo. Sabiam que Mateus e Sara iriam ficar presos naquele local tenebroso, enquanto o livro permanecesse fechado. Afinal, as personagens são fiéis aos leitores. Trabalham para eles, narram-lhes suas histórias, suas vitórias ou derrotas.

- Será justo deixá-los assim, presos? - a leitora questionou.

- Só por um tempinho - disse o leitor. - Quero passear na praça.

- Para quê?

- Para ver se encontro alguma menininha de sapatos desamarrados!

Ao ouvir as últimas palavras do leitor, Sara, lá no Vale, comentou com Mateus acerca do fato de terem, afinal, despertado algo de bom no coração dos leitores:

- Vamos ter que esperá-los? - o rapaz quis saber.

- Sim, pelo tempo que for necessário - a menina respondeu. - Enquanto isto, podemos descansar um pouco. Afinal, as personagens também precisam de repouso.

Isso dito, nossos jovens viajantes se abraçaram para, em seguida, protegerem-se cada qual sob seu cobertor. As máscaras que passavam riam, zombavam e juravam que Sara e Mateus eram membros de seu grupo. Acreditando que eles também fossem máscaras, deixavam-nos em paz.

Enquanto isso, na cidade grande, o leitor e a leitora compraram sorvete, pipoca, algodão doce e foram até a aldeia mais próxima, onde distribuíram aquelas guloseimas entre as crianças, que não tinham dinheiro para comprá-las. Como se sentiram felizes os pequenos, seus pais e os leitores, é claro! Com certeza, os pais dos leitores ficariam orgulhosos de seus filhos, um dia, ao tomarem conhecimento do que eles acabavam de fazer. As notícias voam e o que fazemos é sempre comentado. Portanto, o melhor é agir de maneira a gerar comentários positivos, pois a maldade procura sempre pelo mal e fomenta a intenção de praticá-lo.

No vale, Mateus e Sara aguardavam, ansiosos, pela volta dos leitores. Os sons horríveis, que vinham de todos os lados, os aterrorizavam. Todavia, se quisessem vencer o mal que ali se estabelecia, era necessário que fossem fortes. O mal é assim mesmo: penetra sutilmente em nós e, depois, para retirá-lo, urge que nos munamos de coragem e destemor. Muitas vezes, sequer nos damos conta dos danos que causamos aos nossos corações, toda vez que aceitamos participar de situações infelizes. Achamos graça, achamos que "não tem nada a ver"! Só mais tarde, quando a dor nos busca, é que percebemos o mal que fizemos. E todo o mal feito a outrem, retornará para nós, na mesma proporção. Os viajantes do Vale certamente precisariam passar por aquela difícil prova. Seria um teste para ambos. Sara e Mateus se haviam prontificado a conhecer os Bosques de Crescência, o que implicava encarar todas as etapas da caminhada. Descrever aquele lugar causa arrepios até ao autor, que dirá ao editor ou àquele que corrige os textos, antes que sejam impressos. Até mesmo o pessoal da gráfica, que monta os livros, não passa incólume. Todavia, a verdade é a verdade e deve ser dita ou descrita, para o bem geral.

Na cidade grande, os leitores fizeram uma pausa, a fim de refletir sobre o que haviam lido e sobre o que tinham acabado de fazer. As crianças da aldeia tinham ficado realmente felizes em receber de suas mãos generosas os doces presentes.

- Era o mínimo que poderíamos fazer - comentou a leitora.

- Estou feliz pelo que fizemos - disse o leitor.

Os dois adolescentes encontravam-se, naquele momento, sentados num banco da praça da grande cidade e se entreolhavam. Não havia entre eles, naquele instante, qualquer interesse de caráter físico, corporal, sensual, ou qualquer outra coisa que a mente pudesse engendrar. Havia o afeto e a amizade. O amor gerando amor. Ali estavam dois jovens, um rapaz e uma garota, que se encontravam num ponto da cidade e que elevavam seus pensamentos a planos superiores de suas consciências, após haverem praticado um belíssimo ato. Era assim: enquanto Sara e Mateus se esforçavam por passar uma bonita lição, lá, em Crescência, o leitor e a leitora levavam a efeito, do lado de cá, aquilo que tinham aprendido. É maravilhoso quando isso acontece!

- Que tal retomarmos a leitura? - sugeriu o leitor, num dado momento.

- Ótima ideia! Afinal, não é justo que mantenhamos nossas queridas personagens aprisionadas por tanto tempo - a leitora concordou.

Dito isso, os dois adolescente trataram de retomar depressa o caminho de casa. Lá chegando, foram direto para a sala de leitura. O livro se encontrava fechado. O leitor e a leitora tornaram a abri-lo na página assinalada por um marcador de texto:

- Graças a Deus, esses dois retornaram! - Mateus falou, aliviado, no Vale Desnudo.

- Podemos, então, dar continuidade à nossa viagem? - Sara propôs.

Nosso rapaz lançou um olhar para o leitor e a leitora:

- Espero que tenham aproveitado o tempo em que nos mantiveram presos, aqui, para fazer alguma coisa de muito útil - ele disse com autoridade.

- Sim. Fomos amarrar os sapatinhos das crianças - o leitor informou.

- Muito bom! Muito bom! Isso significa que valeu a pena nosso sufoco! - Mateus disse.

Enquanto isso, no vale, Sara observava o amigo. Ela não desejava reclamar. Uma vez que se havia predisposto a realizar aquela viagem, iria até o fim, buscando aprender e internalizar todas as lições que pudesse tirar daquela experiência. Era, de fato, uma menina forte e destemida!

- Vamos, Mateus - ela chamou. - Os ventos nos levam para aquele atalho.

Atalhos... Como são perigosos os atalhos! Para andarmos por eles é necessário muito conhecimento do local, caso contrário podemos acabar perdidos em labirintos. E por falar em labirintos, nossos viajantes acabavam de adentrar num deles. Por mais que andassem, não encontravam saída! Vozes cavernosas os ameaçavam:

- Daqui não sairão nunca...

- Ficarão presos para sempre, como nós...

- Terão que comer na nossa tigela de barro podre...

Estas e muitas outras frases assustadoras foram ouvidas por nossos viajantes. De vez em quando, um urro feroz, seguido de um horrível cheiro de enxofre, seguiam-se. E mais:

- É ele... É ele... O grande bisão!

Pelo que se sabe, bisão é o nome dado a enormes mamíferos, que habitavam o mundo ao tempo dos homens das cavernas.

- Então, é isto! As máscaras deste labirinto remontam ao tempo do homem das cavernas! - Mateus concluiu.

- O tempo passou, mas elas permanecem - observou Sara. - Nada foi capaz de destruí-las.

- Santo Deus! Então, as máscaras resistem ao tempo!

- Sobretudo quando as cultivamos. Com certeza, alguém faz isso aqui, para que permaneçam!

Naquele momento, um grande estrondo se fez ouvir, seguido de gargalhadas tão tenebrosas, que fariam inveja a todas as bruxas das histórias e lendas que conhecemos.

- Ele... Ele existe... - murmurou a menina de cabelos de ouro.

- Mas quem é ele? - o amigo quis saber.

- Nada de perguntas agora, Mateus - Sara pediu. - Fique quieto!

"Então existe alguém muito forte", concluiu a menina de cabelos de ouro, em silêncio.

- Ele é o grande senhor de nossas vidas - disse uma máscara, ao passar voando por sobre as cabeças de nossos jovens viajantes.

Em seguida, vieram outras máscaras, a voar e assustar os dois adolescentes, roubando-lhes a paz.

Na sala de leitura, o leitor e a leitora apertavam as mãos úmidas de suor. Respiravam ofegantes e não ousavam pronunciar uma única palavra. Em suas mentes, contudo, frases se formavam:

- Quem será esse, de quem falam as máscaras?

- Será que Sara e Mateus irão encontrá-lo?

- Como será ele?

- Será uma máscara ou um ser humano?

Enquanto isso, no vale, uma máscara passava correndo:

- Primo... Primo... - ela dizia, enquanto procurava pelo tal do primo.

Uma máscara dirigiu-se a Mateus:

- Viram o primo por aí? - ela indagou.

- Não sei quem é o primo - o menino respondeu.

- Ha! Ha! Ha! - gargalhou a estranha personagem. - Então não sabe quem é o primo?

- Não - nosso rapaz respondeu com franqueza.

- Pois fique sabendo que o primo é o maior bobalhão que conheço. É a máscara mais idiota que o chefe já fabricou - foi a bizarra resposta.

Aquilo era uma pista! Então, havia um chefe, que fabricava aquelas máscaras e dava vida a elas. Ótimo! Nossos adolescentes estavam familiarizados com várias histórias, em que grandes chefes do mal fabricavam robôs, ou coisas do gênero, com o propósito de tê-los como aliados. A conclusão a que nossos jovens viajantes chegaram era de que havia no Vale Desnudo um chefe, que havia fabricado uma máscara idiota, a que chamavam 'primo'. As máscaras possuíam nomes. Grandes pistas!

- Tem máscara que nem tem nome... Ou muda de nome... De cara... Tem máscara pra todo gosto - informou uma mascarazinha, bem pequenininha, que passou por eles feito lagartixa de parede.

A máscara que procurava pelo primo ficou, naquele instante, bem próxima a Sara e Mateus. Tinha uma cara estranha: nariz de Pinóquio, boca de hipopótamo e orelhas de coelho. Parecia ser fofoqueira, pois não tardou a falar sobre o tal primo:

Vivia zombando do Armando,
um primo meu, caipira,
que vivia lá na fazenda do meu tio Juvenal.

Embornal amarrado na cinta,
chapéu de palha, conversa errada,
mancada em cima de mancada.
Quando vinha o primo, eu saía.
Não queria correr risco.

Eu era menino galante,
de boné, skate e patinete,
bermudão, tênis e camisão.
Ficava com mil garotas e,
na gíria, era o campeão.

Um dia, eu fui à fazenda.
Armando me apresentou a todos.
Conheci Maria Rita,
caipira e sem noção.
Mas tinha uma carinha bonita e
pensei logo em ficar com ela!

– Me dá a mão – ordenei.
– Não, não. Não posso não – ela respondeu.
Minha mão já está ofertada
desde o dia em que nasci.
Minha mão encontrou outra mão.
Minha mão é do Armando.
Que bela lição eu tive
daquele primo bobalhão!
Maria Rita me ensinou,
dentro da simplicidade,
a sublime lealdade,
que devemos ao coração.

E eu, o primo do Armandão?
Voltei para casa sem chão!
E agora vivo vagando,
em busca de solução.
Tenho vergonha de mim mesmo,
por tentar ser espertalhão.

Depois de ter dito isso tudo, a máscara fofoqueira saiu à procura do primo. Na certa, deveria estar em algum lugar daquele passado. O primo era o esperto e, ele, o bobalhão. O curioso é que sequer se apercebia disso e, para defender-se, acusava. Essa é, como se sabe, a grande estratégia dos culpados.

- Maria Rita nunca será uma máscara! - comentou o leitor.

- Agora entendo quem são as máscaras - a leitora completou.

Enquanto isso, no vale, Sara e Mateus caminhavam, ansiosos, pelos corredores do imenso labirinto. Procuravam uma saída. Tinha que estar em algum lugar, no final de alguma daquelas vielas escuras, apertadas, úmidas e desertas. Havia máscaras já mortas, apodrecendo em suas mortalhas: sem vida, esfaceladas pelo tempo e pelo abandono. Mateus as fitava. Estavam, de fato, mortas. Sua curiosidade juvenil, entretanto, induziu-o a tocar uma delas. A máscara deu um salto, lançou um urro e foi alojar-se noutro canto.

- As máscaras não estão mortas. Apenas dormem, enquanto esperam pelo tempo certo para serem despertadas - esclareceu Sara, num tom de voz diferente, que parecia mais compatível com um grande sábio do que com uma menina de quatorze anos.

Mateus ficou em silêncio. Perguntava a si mesmo quem poderia ser o tal grande senhor, que criava as máscaras e lhes dava vida, para depois deixá-las de lado, para que voltassem a ser utilizadas em caso de necessidade. Como era mau aquele senhor! Bem que gostaria de encontrar-se com ele, pensou nosso rapaz. Queria saber o que se passava na cabeça dele, para que fosse assim tão maldoso.

– Creio que devemos observar com cuidado e atenção o local onde estamos – Sara tornou a falar naquele tom próprio dos sábios. – Se estamos aqui, é porque precisamos aprender todas as lições que este local encerra.

– Será possível que encontremos lições nestas máscaras? – Mateus questionou.

– Sim. Observe: cada uma tem uma personalidade.

– Já sei, as máscaras são as várias personalidades de que o grande senhor se utiliza, sempre que necessita – o rapaz arriscou.

Aquilo era verdade. Mateus tinha ido ao cerne da questão! Decerto, o grande senhor precisava de todas aquelas máscaras, para enganar pessoas.

– Essa é a razão de as máscaras serem tão diferentes e se alojarem nestes esconderijos, aos quais só o tal chefe tem acesso – Sara completou.

– É isso! – o rapaz exclamou. – E nós conseguimos penetrar nos esconderijos do grande senhor.

Naquele momento, uma máscara bem desgrenhada se aproximava. Estava seminua. Trajava shorts muito curto, fazia topless, usava pulseiras barulhentas e maquiagem em cores berrantes. Tinha os seios à mostra, bumbum muito grande e dentes sujos. Fazia gestos obscenos e estabelecia uma conversação deselegante e monossilábica. Ao avistar nossos viajantes, ela parou e tentou tocar Mateus, que saltou para trás. Foi, então, que viu Sara.

– Desculpa! Desculpa! Desculpa! – a máscara foi logo dizendo, dirigindo-se a Mateus. – Não sabia que 'tava' acompanhado.

Dito isto, a estranha personagem retomou seu caminho com um andar provocante, do tipo que deixa os desavisados tontos. Já bem mais à frente, parou, olhou para trás e disse:

– Querem saber de uma coisa? Resolvi.

– Resolveu o quê? – Sara, Mateus e os leitores perguntaram em uníssono.

– Contar minha história. A história de uma máscara muito louca!

Dito isso, ela subiu depressa a um palco, construído com o estrume de algum bisão, morto há séculos. Fazendo-se atriz, a máscara disse:

Passei minha infância
estudando no templo que frequentava.
Estava decidida minha vida:
seria evangelizadora,
como era a amiga Dodora,
que me ensinou o que sei.

Um dia liguei a TV.
Gostava de filmes,
de ver o jornal,
programas de reportagens,
nada mal.
Aquilo, é claro, eu podia.
Só que naquele dia,
na TV apareceu
um cara muito legal,
que me encantou com seu som,
com seu corpo tatuado,
seu gingado de dragão.

Comprei todos os seus CDs,
DVDs e tudo mais.
Buscava-o na internet,
em seus clips aloprados,
nas manchetes, reportagens
e em todos seus celulares.

Ele era o máximo!
Frequentei seu camarim,
partilhei sua seringa,
partilhei sua cama.
Um dia ele morreu,
o vírus não perdoou.

Fiquei. Também vou?
Às vezes penso na Dodora,
nas crianças que deixei.

Concluo: tudo acabou?
Bem possível.

Eu não me amei.

Um silêncio absurdamente profundo se fez. A máscara, ré confessa, desabou feito leoa, provocando enorme estrondo e uma fétida fumaceira. Mateus experimentou forte desejo de se aproximar dela e Sara permitiu que ele o fizesse. A máscara foi se desfazendo em meio àquela fumaça, que depressa se transformou num redemoinho. Sara levou as mãos ao rosto.

- Meu Deus! - ela disse em voz alta.

- O que foi? - Mateus indagou, intrigado.

- A máscara... A máscara...

- O que tem a máscara?

- Ela vai para outros labirintos - a menina observou. - Ela não foi criada pelo grande chefe daqui. Ela foi criada pelos grandes chefes de todos os labirintos! Com certeza, vai buscar outras pessoas, a fim de tornar-se a máscara delas. É uma máscara itinerante. Corra, Mateus! Vá pedir ao leitor e à leitora que advirtam seus amigos e amigas... Depressa!

Sara logo voltou a si. Cambaleou um pouco, mas não tardou a aprumar-se, ereta. Mateus deu-se conta de que a amiga-amada não tinha noção do que acabava de dizer.

Na sala de leitura, o leitor não pôde conter-se:

- Será que as máscaras também podem manipular Sara? - ele indagou.

- Não, não e não! - reagiu a leitora, repleta de indignação. - Será que você não é capaz de ver que Sara é do bem? Máscaras não pegam aqueles que são do bem - ela completou, irritada.

- O que foi isto, então? - perguntou o companheiro de leitura.

- Sei lá! Quando estamos em labirintos e queremos sair deles, sempre surgem anjos que orientam - aventou a leitora.

O leitor fitou a companheira amada, cheio de estranheza:

- Será que ela 'tá' ficando que nem a Sara? - ele pensou.

Enquanto isso, no Vale, tudo voltava aos seus devidos lugares. Sara e Mateus fecharam os olhos e sentiram-se conduzidos. Alguma mão invisível retirava-os daquele lugar, para levá-los até um grande salão. Archotes pendurados nas paredes e uma cadeira velha e ensebada compunham o ambiente. Um exército de máscaras surgiu, colocando-se em prontidão. Em seguida, os viajantes adolescentes foram colocados na roda.

- Nada a temer - gritou uma voz rouca e feroz.

Inesperadamente, gaiolas de ferro oxidado surgiram, descendo do teto. Eram máscaras arrependidas de terem sido usadas pelo grande senhor e que não queriam mais ser mais máscaras. Desejavam ser gente! Almejavam andar livres e soltas pelos campos, pelas escolas, parques, jardins, bosques... Queriam ter tudo quanto os outros têm e que elas, máscaras acorrentadas, não podiam ter.

- Estas máscaras não são criadas. São capturadas! - tornou a dizer a voz cavernosa.

- Máscaras capturadas? - indagaram nossos jovens, simultaneamente.

- Sim. Eu as capturo por aí, quando estão na cara das pessoas! Sozinho, não consigo criar tudo, por isso eu roubo. Roubar é uma arte. Eu roubo... Roubo...

As máscaras capturadas de outros labirintos começaram a chorar.

- Eu quero voltar... - disse uma delas.

- Não quero ser mais máscara... - falou outra.

- Quero me libertar... - murmurou uma terceira.

- Quero me transformar... - pediu uma quarta.

Mateus e Sara estavam assustados. E não apenas eles: o leitor, a leitora, o editor, os pais dos leitores, os professores, todos estavam atemorizados!

Em algum lugar, um leitor de oitenta anos, que havia tomado o livro, emprestado à biblioteca municipal, perguntava:

- Meu Deus, o que são as máscaras?

Nas ruas, as pessoas olhavam-se nos espelhos, a fim de ver se eram elas próprias, ou se eram as próprias máscaras, que vinham dos redemoinhos. As máscaras da mentira, da maldade, da violência, da sensualidade, do ódio, da inveja... Eram tantas as máscaras! Muitas! O tempo parou e todos se ajustaram. No estranho salão, para onde tinham sido levados, Sara e Mateus fixavam aquelas máscaras engaioladas, tomados de compaixão.

- Uma! Apenas uma poderá contar sua vida! - decretou a voz rouca, escondida nas paredes esburacadas e cheias de lodo daquele lugar.

Houve um alvoroço nas gaiolas e uma delas despencou, abrindo-se. De seu interior saiu uma máscara de menina. Mateus chorou. Lembrava-se de muitas colegas de sua antiga cidade. Recordou Mariana, aquela que ele achava que tinha sido seu primeiro amor. Aquela máscara não dava medo, dava dó. A máscara se arrastava pelo chão, feito crocodilo, jacaré, serpente, lagarto.

- Quero me libertar! Quero me libertar! Quero ser gente! - gritava a máscara.

Diante daquela cena, uma lágrima sentida brotou dos olhos

de Mateus. Sara, por sua vez, fechou os olhos e, com certeza, fez uma prece. Simultaneamente, os leitores de todo o mundo choraram ou fecharam seus olhos. Era um misto de compaixão, ternura e tristeza.

Eu andava torta pela vida.
Aos quatorze, já tinha abortado.
Nem o coitado do feto
tolerou minhas manias.

Era rebelde, preguiçosa,
ardilosa ladra de homens.
Amiga? Não tinha nenhuma.
Amores? Eu tinha aos montes.
Amor de ficar, curtir, aproveitar...
Mais nada!

Estava ficando velha
e minha pele ressecada.
Coitada da minha mãe
nem dormia,
preocupada com minha reputação.

Um dia um carro me pegou
e me jogou bem alto.
Estava bêbada.
Caí desmaiada no chão.
Acho que morri por algum tempo.

Cheguei a um lugar bem claro,
lindo como o pôr do sol.
Vi muitas flores, crianças e jovens.

Eles eram tão felizes e
seus corpos flutuavam no ar.

Voltei. Vi meu corpo machucado, coitado!
Tão diferente dos corpos daquela outra gente.
De repente, uma menina saiu do meu sonho de morte.
Bem amiga, ela me disse:

– Que pena, não posso emprestar-te meu corpo!...

Foi o bastante. Entendi.

Um silêncio de morte se fez diante daquele relato. Havia muito a aprender com aquele caso. Sara estava inerte. Mateus chorava o choro dos meninos, que buscam o amor legitimado pela ternura.

Na sala de leitura, a leitora cobriu o rosto com as mãos. Em seguida, apalpou o corpo todo, como a buscar certificar-se de que tudo se encontrava no lugar, incólume. O leitor, por sua vez, saiu feito louco, correndo por entre as quatro paredes do cômodo. O ancião, de oitenta anos, que também lia a história dos jovens viajantes dos bosques, deixou que velhas lembranças escorressem pelas faces envelhecidas. Que lembranças seriam aquelas? Somente ele sabia.

Enquanto isso, no vale, o estranho salão se transformava, para tornar-se em salão de magias. Velas e mais velas iluminavam o chão. No centro, um altar para sacrifícios havia surgido e máscaras encapuzadas penetraram o ambiente. Um canto grave ecoou no recinto. Desta vez, contudo, não se tratava de um canto gregoriano, mas de um canto de morte. Pios de aves, aprisionadas ou soltas, chocalhos de cascavel, uivos de lobos, miados terríveis de gatos pretos e outros sons sinistros encheram de temor os corações solitários, que haviam buscado os bosques de Crescência. O semblante de Sara, todavia, refletia inabalável serenidade. O de Mateus, por sua vez, revelava curiosidade temerosa. Uma bola de fogo surgiu, inesperadamente, indo lançar-se sobre o altar sacrificial. Muitas outras bolas iguais se formaram, indo juntar-se àquele holocausto. Gargalhadas sinistras de seres das trevas, de almas penadas, almas perdidas, almas assustadoras fizeram-se ouvir. Suas máscaras penetraram no ambiente, voando de canto a canto, ao horrível cantar de aves de rapina. Grudavam-se às paredes para, depois, soltarem-se e sobrevoarem as cabeças dos jovens viajantes dos bosques. Mais uma vez, então, Sara fechou os olhos e Mateus fez o mesmo. O leitor e a leitora imitaram as personagens. O senhor octogenário colocou de lado o livro e também fechou os olhos. Enquanto isso, o pseudodoutor da sabedoria o ridicularizava, em seu escritório de luxo.

– Bobagens! – dizia ele. – Bobagens! Isto é conto de assustar...

No Vale Desnudo, a voz rouca e cavernosa tornou a falar:

– Não despertem as máscaras das trevas! – ela ordenou.

Mesmo com os olhos fechados, Mateus suava, num esforço para manter-se concentrado em prece. Estava ali para o que desse ou viesse e iria até o fim. Aquelas silhuetas, algumas grudadas às paredes, outras voando através do salão, formaram um horrível coro. Foi então que começaram a dizer, quase a uma só voz, em quartetos de dó, ré, mi:

Nós corríamos feito loucas!
A fazenda era bem grande.
Ao longe havia uma casa:

Naquele momento, uma máscara horrenda surgiu e fez um solo:

Por favor, não vão até lá,
pois lá tem assombração!

As silhuetas deram giros desengonçados, riram e disseram:

Mas quem é que pode aconselhar,
sobretudo o adolescente,
que quer mesmo arriscar?

Nova silhueta agigantou-se, em meio às labaredas, sobre o altar sacrificial, cantou:

Eu, Marina, tinha quinze anos.
Lara, minha prima, tinha doze.
Suely tinha quatorze.
João Manoel, dezesseis,
e coragem para provar!

Ao final dessa estrofe, a silhueta gigante retirou-se das labaredas. Então, do meio do círculo, formado pelas velas dispostas sobre o solo, surgiu uma máscara em forma de bruxa, que foi logo dizendo:

A mata era fechada.
Havia nela uma caverna.
Diziam que lá morava Seu Izidro,
morto a pedradas na cabeça.
Ele queria se vingar!

Uma máscara de velha muito sem graça apareceu e prosseguiu, recitando:

De fato, ele estava lá.
As crianças não conseguiram correr.
Molharam-se de suor e xixi e
acharam que iam morrer.

Após haver recitado a estrofe, a máscara retirou-se, rindo e zombando daqueles adolescentes apavorados. Foi quando, novamente, o coro se fez:

Suely deu um grande grito:
"Jesus, faça valer sua luz".
E tudo voltou ao normal.

A máscara de Suely surgiu em meio às labaredas, que depressa se extinguiram. Ela permaneceu só, fazendo do altar sacrificial um grande palco:

Foi uma lição e tanto.
Hoje tenho vinte e oito.
Adolescente é gente, sim, senhor,
mas deve ser inteligente,
não complicando a vida.

Inesperadamente, então, Sara, tomada por uma estranha voz, completou a história:

Cuidado com as aventuras.
Pesquise primeiro, depois vá.
Aprenda em paz e sem medo.

Algo de reconfortante se fez sentir naquele vale. Uma fresta se abriu, dando passagem a pequeno raio de sol. As máscaras desapareceram. Aquela ocorrência deu aos nossos jovens viajantes dos bosques a certeza de que a luz também podia penetrar no vale sombrio, bastando, para tal, que seus habitantes o permitissem. Sara, então, caminhou em direção ao raio de sol, que colheu entre as mãos. Em seguida, depositou-o sobre o altar sacrificial, que desapareceu.

– E, então, Mateus, aprendeu a lição? – a menina perguntou ao amigo, assim que tornou a se aproximar dele. – Um raio de luz é o bastante para dissipar todas as trevas.

Na sala de leitura, os leitores se entreolharam. O velho sábio, enclausurado em seu escritório, por sua vez, finalmente caiu em si.

– E a luz se faz tão farta em toda a Terra! – todos pensaram a um só tempo.

Uma vez que uma fresta se havia aberto no Vale Desnudo, era tempo de nossos viajantes buscarem novas opções e aventuras. O vale era muito triste e deprimente e os jovens leitores encontravam-se, igualmente, deprimidos. Somente o velho, enclausurado, sentia-se bem em saber da existência do vale. O editor chegou a ligar para o autor, a fim de pedir-lhe que pusesse logo um ponto final àquela penúria. Enquanto a voz cavernosa dava uns grunhidos muito estranhos, Mateus e Sara trataram de seguir em direção à fresta, por onde o raio de sol penetrava. Como por encanto, uma porta se abriu e os adolescentes puderam passar por ela. Do outro lado ainda era vale, só que menos sombrio. Ao chegarem do lado de fora, nossos adolescentes viram árvores secas e retorcidas, além de pequenas aves de rapina, que cruzavam os espaços, como que a pedir socorro. Estranhos sons de estampidos, que lembravam aquele produzido por disparos de balas de revólveres, fizeram-se ouvir. Mateus e Sara deram-se as mãos. Era tempo de união, como unidos devemos todos estar em momentos de perigo.

– Vamos cantar – propôs a menina de cabelos de ouro.

– Que música? – nosso rapaz perguntou.

Correndo em direção ao aparelho de som, que se encontrava a um canto da sala de leitura, o leitor colocou uma Ave Maria para tocar. Como se pudessem ouvir a canção escolhida pelo jovem, os viajantes dos bosques puseram-se a cantarolá-la. Desse modo, evocando o sagrado nome da mãe de Jesus, Sara e Mateus caminharam vagarosamente em busca de uma saída. O sábio octogenário quase se emocionou ao ouvir música. Contudo, não permitiu que lágrimas corressem de seus olhos aflitos e cansados.

Quando era adolescente,
abria minha camisa
e saía desafiando o mundo...
Falava grosso, olhava,

marcava meu território...
Dragões enfeitavam meu corpo
em tatuagens horrendas.

Achava que estava na moda.
Era astuto. O senhor do pedaço.
"Faço o que quero!", eu dizia.
E ria feito tonto no trono do nada.

Na tentativa de descobrir quem acabava de declamar as estrofes que tinha ouvido, Mateus avistou um homem magro, machucado, estranho, corroído. Aproximando-se dele, fitou-o com compaixão. Em seguida, ofereceu-lhe as mãos, para que se levantasse. O homem, contudo, estava extremamente debilitado e afundou-se, ainda mais, na lama em que se encontrava. Pegando um pouco daquela massa com a mão, espalhou-a no próprio rosto. À medida que a lama escorria por suas faces, estas se modificavam, transformando-se em infelizes máscaras de deboche, ironia, valentia e sensualidade. O homem gemia. Todavia, em meio aos gemidos, encontrou forças para prosseguir na narração de sua desventurada história:

Briguei. Aventurei. Desafiei
o grande senhor do tempo!
Iludi menininhas, mandei
professores para o céu,
dei cabo de muita inocência.
Hoje passou. Tenho quarenta anos.
Sou pai, avô
e sei das malandragens da vida...

Uma filha adolescente se deu mal,
copiou minha história infeliz.

Tenho outro adolescente. Meu Deus!
Que ele não copie os meus passos.
É tudo que eu peço ao Senhor.

Ao olhar para trás, Mateus viu que Sara chorava. Talvez as palavras daquele homem magro e cavernoso a tivessem feito lembrar-se de amigos adolescentes que seguiam os mesmos passos daquele infeliz.

Na sala de leitura, o leitor tomou, inopinadamente, o rosto da leitora entre as mãos.

- Que essa nunca seja nossa história! - ele disse, aos prantos.

Tomando as mãos do rapaz, a menina-leitora afagou-as e beijou-as, num frêmito de amor pela vida.

- Somos adolescentes, mas somos diferentes! - murmurou ela.

O velho, no escritório, pôs de lado a leitura, por um momento, a fim de ir verificar, em seus arquivos pessoais, como se havia passado a própria adolescência.

- Ah! As coisas eram bem diferentes no meu tempo! - dizia ele de si para si. - Adolescente tinha é que trabalhar e obedecer os pais. As meninas aprendiam a bordar e a ser boas donas de casa. Os meninos, por sua vez, aprendiam uma profissão, a fim de estarem preparados para prover o sustento da família e a manutenção da casa. Mas, hoje em dia, tudo que os jovens têm a fazer é estudar, bagunçar e tirar a paz das pessoas com sons altos e músicas sem poesia!

O homem aproximou-se da mesa, sobre a qual estava a garrafa de café. Servindo-se de uma xícara, tomou a bebida de um só gole. Isto é bebida forte! Não é para maricas! Findas tais reflexões, ele retomou a leitura. Foi, então, que constatou que Sara e Mateus retomavam seu caminho, lá no Vale, deixando para trás o tal homem magro e horrível, que prosseguia na interminável narração de suas desventuras, lamentando-se sempre.

Na sala de leitura, a leitora se manifestou:

- Por que será que esse homem não para de repetir sua triste história?

- Provavelmente para não se esquecer dos pecados que cometeu - arriscou o leitor. - Voltemos à leitura.

Sara e Mateus permaneciam de mãos dadas. O vale ainda era presente. Podiam ver que, ao longe, as coisas começavam a se modificar. Podiam ouvir, até mesmo, o cantar mais alegre de pássaros libertos. Ainda assim, foram repentinamente surpreendidos, como num filme de terror, por um ser totalmente estranho, que se metamorfoseava em monstro, em animais ferozes, peçonhentos e em gente de fino trato. Depois de dar giros no ar e bater a cabeça contra pedras, a estranha personagem cometeu a imprudência de engolir um filhote de serpente, que lhe surgira nas mãos. Foi então que, rindo e chorando, despindo-se e vestindo-se, começou a falar, com ares de zombaria:

A turma voltava do baile.
A turma do Tição,
de porrete na mão,
esperava que dobrassem a esquina.

O homem camaleão ria e saltava. Virava moleque, sapo, lagartixa e dragão. Em seguida, deu prosseguimento à história:

Os caras da turma do Zezinho, coitadinhos,
tremiam de tanto medo.
O enredo era a Sandra Maria,
esquisita, mal-educada, tapada, mas...
De perna grossa!

Aquele agênere pôs-se a saltar, rir e a dar porretadas no ar. Seu gargalhar estridente quase despertou os vizinhos do leitor, que tiravam uma soneca no apartamento ao lado. Repentinamente, uma figura brilhante surgiu, vinda das brumas de alguma aldeia desconhecida, estabelecida naquele vale, ou em algum lugar próximo dali.

Ela flutuou como nuvem num céu azul e suas vestes soltas pareciam mover-se ao sabor de rajadas de vento, uma vez que balançavam, alterando o drapeado. A tal figura sorriu. Era meio-moço, meio-moça. Suas faces transfiguravam-se e transmitiam paz e segurança. Quando moço, era altaneiro. Quando moça, era a ternura em forma de gente. Sara e Mateus contemplavam aquela figura, comovidos. Foi então que Sara deu as costas a Mateus e, dorso contra dorso, os dois adolescentes giraram, transformando-se, de maneira a se tornarem semelhantes àquela figura, sendo um a face oposta do outro. Menino e menina, ambos dignos em sua maneira de ser, formavam um ser único em pensamento, sentimento e ações.

Claro que, na sala de leitura, o leitor e a leitora fizeram o mesmo. Flutuaram pelo quarto, como nunca tinham sonhado fazer. O velho bem que chamou pela velha, mas ela encontrava-se em casa, enquanto ele permanecia no escritório. Então, pensando na velha, ele reproduziu o mesmo movimento de Sara e Mateus. Foi como se ele tivesse a velha, agora, atrás de si. Aqueles três pares dançaram e flutuaram, ao som maravilhoso de um acorde celeste, que vinha do canto dos pássaros. Foi quando a figura começou a dizer:

Eu vinha de longe
e via aquela briga infernal.
Então, perguntava-me:
– Vale a pena brigar?

Mas a turma que vinha daquele baile
não queria me escutar
e o confronto aconteceu.

Manoelzinho quase morreu;
Alfredo quebrou o dedo.
Sangue, arranhões, hematomas,

polícia, resgate e hospital,
traçavam os tristes sintomas
daquela gente briguenta.

No balanço da trapalhada
muita briga por quase nada.

A figura horrenda que começara a narrar a história, assentou-se no chão e olhou para a formosa dama, que surgira de algum lugar, das brumas de alguma aldeia desconhecida. Transformou-se, então, de homem em menino pedinte. Estendeu as mãos e a dama tomou uma delas, para ajudá-lo a ficar em pé. A estranha figura pôs-se, de novo, a falar:

No balanço da trapalhada,
muita briga por quase nada.

E mais uma chance passou
de se fazer brilhar o amor.

Em seguida, meio-poeta, meio-louco, meio-gente, meio--máscara, terminou:

Que pena!
Histórias de alguns adolescentes,
vale a pena contá-las aos netos?
Certo, um dia eles chegarão!

Aquela era uma história muito infeliz. A dama recolheu o menino transformado em seu colo e volitou com ele para um lugar desconhecido. Ali se viu as trevas e a luz. Todos se entreolharam, naquele instante, a perguntar-se:

– Vale a pena brigar?

Fez-se pequena pausa na história, durante a qual o leitor e a leitora aproveitaram para ir ao banheiro, cada qual a seu tempo. Enquanto isso, no Vale, Sara e Mateus assentaram-se sobre uma relva que surgira, de repente. O velho, por sua vez, ligou para a velha. Queria saber se tudo estava bem.

- Ué? O que é que tá acontecendo? Ocê nunca liga pra mim! - resmungou a mulher, entre desconfiada e feliz. Afinal, o velho que ela tanto amava, finalmente preocupava-se com ela. Não importava que já estivessem ambos chegando ao fim da vida!

- Hoje nós vamos sair - propôs o velho, resoluto. - Prepare seu melhor vestido.

- Sair? Sair pra onde, homem? - a velha indagou, perplexa.

- Vamos ao parque, depois à pizzaria e, em seguida, iremos ao baile, para dançar!

A velha deu um grito e caiu desmaiada. Teve também um ataque esquisito, mas não largou o telefone. Uma vez refeita, disse com sofreguidão:

- Ocê morreu, homem? Virou alma arrependida?

- Não, estou apenas passeando pelos Bosques de Crescência - o velho respondeu.

- Bosques de Crescência? O que é isto? Onde fica este lugar? Quer dizer que ocê num tá no escritório não, seu safado! Tá passeando com alguma desavergonhada? Eu sempre falo que aquelas reuniões do pessoal da terceira idade tão deixando ocê modificado...

- Fica calma, minha velha. Esses bosques ficam em outro lugar - o homem esclareceu.

- Ficam onde?

- Em Crescência. Um dia, eu levo você lá.

A senhora não entendeu bulhufas. De qualquer modo, tratou de tirar do seu baú de saudades o vestido mais bonito, que usara quando moça. Depois de tê-lo lavado, tratou de passá-lo. Em seguida, vestiu-o e ficou à espera de seu velho, ou melhor, de seu grande amor!

Enquanto isso, na sala de leitura, o leitor e a leitora retornaram à narrativa, para se depararem com Sara e Mateus que, despertando de um sono, viam-se livres daquele Vale das Máscaras. O estranho local havia desaparecido, para ressurgir em algum canto que desejasse. O caminho agora estava livre.

- Sara, é bom que todos se cuidem para não ter que utilizar continuamente das máscaras - falou Mateus pensativo.

Sara apenas o observou e deu um leve sorriso de sabedoria.

Ao longe, nossos viajantes dos bosques avistaram colunas reluzentes e convidativas. Era a paz, era a luz. Levantando-se, ambos rumaram na direção delas.

11. PILARES DE OURO

SARA E MATEUS ESTAVAM felizes e refeitos da jornada pelo Vale das Máscaras. Haviam tido uma lição difícil, mas valiosa. Entreolhavam-se, conscientes de que a cumplicidade entre ambos crescia, em função do conhecimento, que juntos adquiriam. Mateus havia amadurecido muito, o que deixava Sara feliz. No caso deles, dar-se as mãos não era sinônimo de paixão repentina entre amantes ou pré-amantes. Era sinal de respeito. O contato favorecia a circulação de energias saudáveis e salutares, pois que não procediam do Vale das Máscaras e, sim, do Lago Infinito. Mateus tinha em Sara uma mestra, enquanto que, para ela, o rapaz representava segurança. Se juntos haviam chegado àquele ponto, poderiam caminhar sempre lado a lado e de mãos dadas, sem levantar a suspeita de que estavam namorando ou ficando. O fato é que a presença de um enriquecia a vida do outro. Como é importante que as pessoas tomem conhecimento desse tipo de enriquecimento! Dizem sábios do Oriente, que se as pessoas se amassem como devem, não teriam necessidade de alimentos sólidos ou líquidos, uma vez que o amor legítimo é o alimento das almas. Infelizmente, enquanto não conseguirmos amar de verdade, continuaremos a nos empanturrar de cachorro quente, sanduíches, carnes e de todo tipo de massa alimentar, que pesa no estômago, dificultando-lhe o trabalho, que deve ser sempre o de gerar energias. Bem, mas isso é assunto para outra viagem. Tratemos, pois, de acompanhar nossos jovens caminhantes, agora transformados em um, pelos ideais que compartilham.

Sim, mas antes seremos forçados a fazer breve interrupção na história, pois a tia do leitor acaba de entrar na sala de leitura. Vem trazendo, para o sobrinho e sua amiga, o lanche suculento que preparou para ambos. A gentil senhora está muito feliz em ver os dois jovens tão interessados em ler. Ela sabe o quanto viajar na leitura é importante, desde que se trate de história de boa qualidade, em que as personagens estejam buscando o sol em suas experiências, não as trevas, como muitos costumam fazer. O leitor bem que havia percebido que a tia preparava sanduíches, chocolates, biscoitos e refrigerantes para ele e a amiga. Os dois adolescentes, contudo, limitaram-se a tomar pequena xícara de chocolate com biscoitos leves, fato que a tia estranhou, visto que eles estavam habituados a pegar de dois a três sanduíches com bastante maionese e catchup. Bem, essas são mudanças que boas leituras têm a capacidade de promover. Quando o hábito da leitura salutar se instala, a geração de bons hábitos costuma acontecer. Assim sendo, após haverem agradecido a generosidade da amável senhora, os jovens propuseram-se a dar prosseguimento à leitura.

Em Crescência, Sara e Mateus tomavam um suco levíssimo, que lhes fora oferecido por um anjo de plantão, que por ali se encontrava. A bebida era deliciosa, sendo que a excelência do sabor vinha da leveza daquele líquido.

– Engraçado, a leveza tem sabor, Sara? – nosso rapaz indagou, a certa altura.

– Não apenas sabor, mas, também, aroma de rosas – respondeu a garota.

– Que suco é este?

– Talvez seja o suco do jardim do Éden! – brincou a menina dos cabelos de ouro, piscando o olho direito.

Mateus quase foi ao delírio! Aquela era a primeira vez que sua companheira e amada insinuava algo, fazendo-se feminina, mulher.

Os lábios de Sara tremeram de leve e ela os apertou. Ao dar um 'close' neles, o rapaz percebeu que aqueles lábios delicados pareciam pedir outros lábios. O jovem aproximou-se lentamente da garota, fazendo com a boca o mesmo movimento que ela fizera pouco antes. Estavam, agora, muito próximos. Foi então que nossa adolescente fechou seus lindos olhos. Suas faces enrubesceram, enquanto as mãos pequenas deixavam-se cair, em busca de abrigo. A respiração tornou-se ofegante, à medida que a menina se deixava levar pela mulher. Assim que Mateus tocou-lhe as mãos delicadas, apertando-as, os lábios agora muito próximos dos dela, Sara despertou de seu devaneio.

- Ainda não estamos prontos - ela apressou-se a dizer. - Falta-nos conhecer os Pilares de Ouro.

- Pilares de Ouro? - indagou Mateus, desapontado. - O que vem a ser isto?

Subitamente, uma música hilariante se fez ouvir, executada por corneteiros de algum reino. Os sons de seus passos firmes empolgaram nossos viajantes, que se puseram em pé, tomados por uma alegria incontida, pondo-se a marchar, também. Foi quando perceberam que não havia corneteiros-soldados, apenas sons. Não se importaram. Continuaram a marchar e, como que encantados, deixaram-se conduzir pelo som das cornetas e dos passos, até chegarem diante de um portal, onde se lia 'Pilares de Ouro'. Após o haverem transposto sem qualquer dificuldade, ficaram deslumbrados com o que viram à frente: dois palácios, inteiramente feitos em ouro! As construções reluziam, transmutavam-se em cores, formas e exalavam perfume de rosas. O entorno dos palácios era recoberto de relva macia e flores nunca vistas, cujo formato e cores encheram de paz os corações daqueles jovens, que agora mais se davam as mãos, abraçavam e acariciavam, como almas redimidas de todo e qualquer pecado original ou mortal.

- Que lugar é este? - perguntou Mateus, embevecido.

- São os reinos - disse Sara.

- Reinos? Que reinos?

- Os reinos que todos devemos conquistar - a menina respondeu. - Só então teremos nossas adolescências completadas, como deve ser.

- Como sabe disto? Já veio aqui antes? - o rapaz quis saber, enciumado, receoso de que Sara não fosse mais do que uma garota que conduzia jovens adolescentes incautos pelos Bosques, pelo simples prazer de vê-los irremediavelmente apaixonados por ela.

- Sim, já vim aqui outras vezes - ela confirmou. - Muitas outras vezes... A princípio não entendia. Agora entendo.

- Como assim? - Mateus reagiu. - Você só tem quatorze anos!

- Já tivemos muitas adolescências - Sara lembrou. - Muitas. Não sabemos quantas. Eu, você, o leitor, a leitora, o velho, a velha, o autor, o editor. Todos, sem exceção!

Naquele instante, uma voz se fez ouvir, vinda do Parnaso:

"Há mistérios peregrinos
nos mistérios dos destinos,
que nos mandam renascer.

Das mãos do Criador nascemos,
múltiplas vidas vivemos,
para à mesma luz volver!

- Já nascemos outras vezes, Sara? - Mateus indagou, intrigado.

- Sim. Já tivemos muitas existências dentro de nossas vidas únicas! - disse a garota, enlevada.

O rapaz baixou a cabeça. Aquele era um assunto novo e polêmico para ele, com o qual não se queria envolver. Sabia que o mundo todo falava acerca daquilo. Sabia que a televisão falava, as revistas falavam, o cinema falava e, sobretudo, os orientais. Ouviu dizer que até o Senhor Jesus havia falado isto a um tal Nicodemos. Mas alguns ainda não aceitavam. Era natural. Cada um com sua crença. Sara tinha suas convicções e Mateus seus pressentimentos. Um dia saberiam quem estava certo. Mas a ideia de nascer, viver, morrer e renascer de novo, para progredir sempre, era mesmo muito instigante. Pelo visto, Sara não tinha dúvidas quanto ao fato e já devia conhecer aquele local de outras vidas, quando era, então, adolescente.

- Tenho que descobrir por mim. Não devo ir pela cabeça de ninguém - pensou Mateus. - Ninguém ensina nada a ninguém. As pessoas apenas propõem. Aceitamos, ou não. Aquele que impõe uma ideia pode ser um mercenário dela e não estou disposto a ser conduzido por ninguém. Quero aprender de acordo com aquilo que já consigo entender. Ainda não domino esse assunto, então o melhor é estudá-lo e não negá-lo, só porque outra pessoa o faz. Eu sou o defensor de meus conhecimentos.

Naquele momento, Mateus ouviu uma salva de palmas, que vinha, talvez, das asas dos anjos, que certamente voavam por aquele local. O local dos dois reinos. Ambos deviam ser muito importantes e completavam-se, mutuamente.

- Lembra-se de quando vimos aquela figura que se transformava em homem e mulher? - Sara indagou, de repente, arrancando Mateus de suas reflexões.

- Sim - ele confirmou.

- Da mesma forma são estes dois reinos. Eles se transmutam. Ora é um, ora é outro, ora são os dois.

O leitor e a leitora nada diziam acerca do que liam e aprendiam. O velho octogenário balançava a cabeça, ora concordando, ora não. De fato, é muito difícil mudar a cabeça de uma pessoa idosa. Por essa razão, é melhor lutar para transformar velhos hábitos, enquanto ainda somos jovens.

Naquele instante, uma jovem belíssima aproximou-se de Mateus e Sara. Surgiu de dentro de um dos pilares que rodeava os reinos e disse-lhes com ternura:

Um dia, meu pai morreu.

Disseram-me: É melhor que seja assim.

Depositaram seu corpo na terra
e aplicaram injeções em mim.

Sabem, um pai quando morre,
na vida de um adolescente,
é corrente que se parte,
é elo perdido, além.

Vejo meus amigos, colegas,
que têm pais, que têm irmãos.
Dá-me uma inveja danada.
Dá vontade de abraçar meu pai.

Às vezes eu me pergunto:
E se ele estivesse aqui?
Eu estaria bem junto dele?

Pai, mãe, família...
Ah, meu Deus! Quanta alegria!
Agora eu entendo isto!

A jovem sorriu-lhes e sumiu. Talvez estivesse adormecida no corpo e procurou aquele refúgio para se lembrar do pai. Quando dormimos, procuramos nossos semelhantes. Apenas o corpo dorme, a alma voa e encontra sempre o que procura. Com certeza, aquela adolescente de olhos verdes procurava seu pai, que devia estar na mansão daqueles reinos. Sara e Mateus entreolharam-se. Ela havia falado sobre família.

- Um daqueles palácios, representa nossas famílias - a menina disse, então.

- Isso quer dizer que nossas famílias são o mesmo que um reino? - nosso rapaz indagou.

- Perfeito!

O leitor correu e abraçou os retratos de sua mãe e de seu pai. Depois correu e abraçou a tia. A leitora ligou para seu pai e, depois, para sua mãe. O leitor tentou falar com o pai, mas não foi possível. O velho tornou a ligar para a velha, a fim de saber como estavam os filhos e netos. O autor lembrou-se dos seus ascendentes e descendentes, que cumpriam seus papéis na vida. O editor tratou logo de sair e lembrar-se da infância, assim como do momento presente, ao lado de tantos que amava. O dono da editora convocou todo mundo para um almoço em família. Família deve ser como efeito dominó, reagindo em cadeia e, se possível, sempre para o bem. Murmúrios se fizeram ouvir naquele instante. Vinham do Reino da Família, que fazia parte dos Pilares de Ouro. Pessoas entravam e saíam do palácio. Todos estavam ocupados, parecia que se ajudavam, que se abrigavam, que permutavam informações, que se acariciavam, beijavam-se as mãos, as testas, os rostos, os lábios...

– Azáfamas de famílias – disse Sara.

Mateus a olhou de soslaio.

– O que será que ela disse? – ele indagou a si mesmo.

Do alto de uma das torres daquele palácio, um senhor, que parecia ser o sábio de todas as famílias, começou um discurso para uma plateia que ia se formando aos poucos, vinda de todos os lados:

O pai lhe comprou confiante,
importante edição científica.
Na capa um meteoro caía do céu
e, com ele, sondagens do ilimitado.

Porém, era limitada sua visão.
Com a mão empurrou a revista,
com a outra, a escola, os livros e cadernos.

O artista nu se contorcia
em clips transados,

de efeitos que encantavam sua visão
e nublavam-lhe a mente vazia.

Era tarde. No shopping havia jogos.
Havia também morenas, loiras, bebidas...
E as escolhas eram dele.
Ninguém interferiria.

O tempo passou.
Soou a hora do adulto.
Sem escola, sem conhecimentos
e cheio de horas vazias,
trabalha de noite e de dia,
ganhando somente o pão.
O pernoite e a moradia
fica por conta de outros.

E o artista?
Bem, viaja o mundo além,
em busca do ilimitado!

Ouviram-se soluços e pessoas lançaram-se ao chão, de joelhos, suplicando nova oportunidade. Sara e Mateus viram que aquele sábio nada podia fazer por eles. Cabia a eles a responsabilidade de fazer algo por si mesmos. Nossas escolhas, nossas colheitas.

Depois, foram saindo um a um, cabisbaixos, envergonhados, destronados dos seus tempos de luzes adolescentes. Ali estavam todos adultos. Todos procurando uma vida melhor, todos procurando o tempo perdido. Alguns até que tentavam, mas quase sempre os resultados da inconsequência são os filhos que chegam e as responsabilidades que se deve assumir. Trabalho duro de dia e estudar cansado à noite, se é que deseja progredir.

O leitor e a leitora, abraçaram suas mochilas. Apanharam seus cadernos e os amaram como nunca.

- Agora entendo - disse a garota.

- Entende o quê? - indagou o rapaz.

- Entendo quando Mateus quase beijou Sara e ela lhe disse que ainda não estavam preparados.

- Sim, os beijos na boca estimulam o sexo.

- E o sexo pode gerar gravidez.

- E a gravidez gera filhos...

- Que geram responsabilidades.

- Mas, e o sexo seguro?

- E quando não se pode fazer o sexo seguro?

- Como?

- Quando um dos parceiros não aceita o uso da camisinha.

- Isto é muito normal. Acontece sempre.

- Daí vem o problema.

- Conheço meninas que engravidaram, mesmo com o parceiro usando camisinha.

- De onde podemos concluir que sexo seguro é apenas o sexo com responsabilidade.

- Deitamos a dois e podemos levantar a três.

- Ou mais! Já pensou gêmeos, trigêmeos...

- Nem pense.

- Então como ficamos?

- Vamos estudar e nos preparar e depois, aí sim. Depois...

Nos Pilares de Ouro, a plateia ia saindo aos poucos. Enquanto isso, o velho remexia seu baú de recordações, lembrando-se da cabrocha Milana, com quem havia tido um caso na adolescência.

- Será que ela pariu? - ele se perguntava.

Bem, se tivesse parido, certamente o rebento não fazia parte da família do velho, porque este jamais dele tivera notícia. Cometera o ato e desaparecera no mato, como fazem muitos. O velho coçou a cabeça e quase se arrependeu. Bem, melhor seria não se arrepender, ele pensou com seus botões. Caso contrário, não poderia terminar a leitura que muito o agradava. Se a cabrocha Milana havia parido, isso era problema dela. Afinal, como costumam dizer, quem pariu Mateus, que o embale...

– Ôpa! Mateus é o nome do moleque da história dos bosques – o velho lembrou, de repente. – Ah! Melhor era deixar isso pra lá. Ditados são ditados! Já vêm prontos e não podem ser mudados – o homem resmungou, já querendo ficar novo.

Nos Pilares de Ouro, as músicas continuavam. As informações também. Enquanto isso, o editor ligou para o autor e perguntou se aquela história de existências sucessivas não haveria de afastar possíveis leitores. Afinal, há religiões que rejeitam a ideia. O autor argumentou, dizendo que os tempos estão mudando e os adolescentes de agora são muito sabidos. Não querem mais saber de imposições. Querem descobrir a verdade por si mesmos. O autor disse, ainda, que ele próprio também não aceitava imposições. Argumentou que tudo tem que ser muito bem explicado e, acima de tudo, que há de ser usada sempre a razão. Viver uma existência só não explica muitas coisas, como, por exemplo, porque alguns nascem ricos e outros pobres, porque alguns são sadios e outros doentes, porque há opressores e oprimidos, ignorantes e sábios... Onde estaria a justiça divina nestes casos? Alguém pode e deve pagar pelos erros de seus antepassados, que viveram em épocas tão diferentes da nossa? A genética e o meio social seriam a confirmação de uma arbitrariedade estranha? O editor, então, achou por bem deixar o texto como estava:

– Seja feito o que Deus quiser! – ele disse. – Os tempos são mesmo outros. As universidades já promovem estudos relativos à reencarnação e elas estão repletas de adolescentes.

No portal dos Pilares de Ouro, uma menina vestida de florista, trazendo nas mãos uma cesta de flores, pôs-se a dançar perto de Mateus e Sara. Com ela, vieram seus pais. Tudo era absolutamente harmônico. A menina dançava, cantava e declamava:

Era mesmo uma alegria:
O meu pai me dava a mão.
Minha mãe andava comigo.
Juntos, amigos, fazíamos compras na loja
e passávamos na pizzaria.

Um dia ouvi dos meninos da minha idade:
– Flavinha, deixa de ser menininha!
Larga a mão do seu papai.
A sua mãe já está velha,
não entende as nossas falas.
Venha andar conosco!

E os meus pais, tristes,
choraram a nossa separação.
Mas entendi que era certo.
Queria encontrar meu gatão
e não com eles por perto.

Um silêncio absurdo se fez. Os pais de Flavinha desapareceram e, junto com eles, as flores e o cesto. A menina transformou-se em quase adulta e prosseguiu, pensativa:

Hoje os amigos se foram.
Uns brigaram, outros mudaram.
Também briguei com meus pais
e com os caras que namorei.

E então eu me pergunto:
Que vantagem tirei disso tudo?

A Cristina, contudo,
não abandonou seus pais.
E é jovem da minha idade.
Saem juntos, os quatro:
o pai, a mãe, ela e, também,
o namorado!

Naquele momento, Sara e Mateus viram Cristina, ao longe, com seus pais e o namorado. Nossos adolescentes correram até eles. Cristina os abraçou e assim também fizeram os pais daquela sábia menina. O namorado pediu permissão a Mateus para abraçar Sara e beijar-lhe as mãos de princesa. Aprendendo a lição, nosso rapaz fez o mesmo. Pouco depois, eles se separaram. Cristina foi mostrar aos pais e ao namorado algo magnífico que havia plantado naquele jardim, que ficava bem próximo ao Reino da Família. Era a semente de um futuro filho, que certamente viria no tempo certo, pelo amor que os unia. Enquanto isso, Flavinha juntou seus pedaços e foi montar de novo seu mosaico desfeito, porque sempre haverá a chance de recomeçar.

Mateus e Sara estavam embevecidos com aquele lugar. Os dois palácios, que simbolizavam dois Reinos distintos e que, ao mesmo tempo, interligavam-se, deixava-os em paz e pensativos sobre a vida. Entendiam que dali em diante tudo haveria de ser diferente. Teriam que repensar suas atividades e seus comportamentos, sobretudo Mateus, o leitor, a leitora e o velho, este último sempre em seu escritório. O leitor pôs-se a refletir acerca de um casal amigo que conhecia. Eram pessoas totalmente apáticas em relação àqueles assuntos. Queriam mesmo era curtir a vida, deixando que cada dia lhes trouxesse emoções novas, temperadas por emoções das mais variadas tonalidades, no mais esfuziante dos movimentos. A leitora percebeu que o amigo tinha ficado calado e que ele buscava algo no ar.

– Em quem está pensando? – a garota indagou.

– Neles – o rapaz limitou-se a dizer.

– Já sei. Também pensei neles ainda há pouco.

– Será que leriam este livro? – a leitora questionou.

– Não basta ler, é preciso entender – o garoto comentou.

– Estão ainda muito ligados na vida agitada. Para ler com proveito, é preciso aquietar o coração.

– Sentem-se ainda como dragões em um continente de palhas, criado por eles.

– Queria muito que eles lessem conosco este livro – murmurou a leitora.

– Vamos tentar. Eles são nossos amigos, estudam conosco na escola – lembrou o leitor.

– Sim, mas antes vamos terminar a nossa leitura.

A garota estava certa. Era preciso conhecer toda a trajetória de Mateus e Sara nos Bosques de Crescência. Era preciso absorver com eles todas as lições daquela epopeia de conhecimentos. Assim, os leitores se aquietaram e retomaram a lição, não sem antes trocar um olhar de carinho, afeto, compartilhamento, comprometimento. Estavam muito comprometidos, sim, e isto os tornava um. Enquanto isto, no portal dos Pilares de Ouro, Sara chamava a atenção de Mateus para uma florescência, que saía de um metal parecido com o sol.

– Tem a aparência de protuberâncias solares – comentou a menina.

– Sim. Percebe como os efeitos inundam nosso ser de calor e luz? – indagou o rapaz.

– Acho que os neutrinos estão nos penetrando, do mesmo modo que acontece com o nosso mundo.

– Sara, nós somos um mundo. Agora entendo isto!

– Sim. Guardamos em nós, por herança, toda a história da humanidade, e vivemos internamente como se vive no espaço tridimensional de nosso planeta – a garota falou, como que envolvida pelos raios, que vinham daquele reluzente metal.

Assim acontece com todos aqueles que buscam assuntos sérios.

As luzes os envolvem e os tornam sábios e, para se conseguir o amor legítimo, é preciso antes passar pelo portal da sabedoria.

Naquele instante, vários menestréis dourados surgiram com harpas e flautas, tambores e repiques. Deram início a uma festa incrível de danças, sons, sorrisos e abraços. Sim, abraçavam-se como se não se vissem há muito, e se encontrassem, agora, para um evento de confraternização ali, naquele local. Três figuras surgiram ao alto: uma menina-moça, um pai e um menestrel-chefe, que logo começou a falar, tendo ao fundo a música que as mãos mágicas daqueles menestréis criava:

O pai daquela moça faceira (apontava para a menina-moça)
era mesmo muito severo. (o pai olhou desconfiado)
Antero é o seu nome de guerra. (Sim, senhor. Sou eu o Antero).

A menina, quase criança,
não sabia se brincava ou crescia.
Não sabia se sonhava ou fazia.

De repente, Antero deu um salto e gritou para a menina:

– Menina, venha cá!

O ar de austeridade daquele pai fez a menina tremer todinha. E a menina aproximou-se do pai, que prosseguiu com voz de comando:

Eu quero você bem limpinha.
Hoje vem seu pretendente.
Quero que se case com ele.
Não me desobedeça. Ouviu bem?

Silêncio sepulcral se fez. Os músicos pararam de tocar. A menina saiu correndo e, quanto mais corria, mais ficava no mesmo lugar. Antero apontava seu dedo magro e sujo em sua direção, como que confirmando sua desastrada sentença. A menina transformou-se numa rosa lindíssima e saiu, solta, voando no ar, com jeito de felicidade.

Na sala de leitura, na cidade grande, o leitor deu um salto, parou no meio do quarto e desabafou:

Graças a Deus que o tempo mudou.
Hoje é livre aquela flor,
que desabrocha no lar.

Em Crescência, Mateus completou o pensamento do leitor, fazendo pequeno alerta:

Mas ser livre é ser responsável.
É ser amável com a vida.
É não estragar o presente.

O senhor Antero desapareceu como nuvem escura de um tempo passado e morto. A leitora, como que aliviada, passou as mãos em seu corpo de menina de quinze anos e falou, reticenciosa:

O senhor Antero não mais existe.
Mas existem prisões e grades
e também as ilusões.
E com ela as pessoas, gentes,
Adolescentes!...

Num platô que existia no portal dos Pilares de Ouro, Sara falou com soberania:

O melhor é se cuidar.
Para não ficar fechado,
mesmo, numa prisão sem grades.
Aproveite a sua liberdade
e a ausência ou falência
do senhor Antero, coitado!

Os tambores e os repiques saudaram aquela majestosa menina. Os menestréis envolveram-na com as cores e movimentos de suas danças. Era para eles uma rainha e Sara saiu correndo, rindo, brincando e jogando no ar sua doce juventude. Foi procurar Mateus, que se encontrava abismado, cabisbaixo, pensativo, querendo sempre participar de tudo aquilo que via, quer fosse nas vias próximas de sua casa, de sua escola ou de suas escolhas. Aproximando-se do amigo, Sara o envolveu com as luzes de seus olhos pacificados e com a ternura de suas mãos virgens, de luvas brancas, e com seus cabelos soltos, livres como sua alma. Tomando-o pelas mãos, ela colocou o rapaz naquele carrossel, formado por crianças crescendo, menestréis, cadeiras e hastes, que faziam o brinquedo girar. Um espetáculo inesquecível!

- Quando se repetirá novamente? - indagou o mais jovem menestrel.

- Amanhã, daqui a pouco ou dentro de um pouco mais de tempo. Acontecerá sempre que alguém fizer como Sara e Mateus e vier nos visitar, pois para se chegar até aqui, é necessário deixar, no vale das máscaras, aquelas que mancham de feiura aqueles que as utilizam - respondeu o chefe dos menestréis.

De repente, o silêncio. Absorto silêncio. O relógio que ficava no quarto do leitor e, às vezes, o incomodava com o som do pêndulo, marcando os segundos, também parou. A respiração de todos ficou suspensa, mas ninguém morreu por conta disto. Só se ouvia o silêncio. Inúmeras pessoas começaram a brotar das entranhas da terra. Vinham em silêncio e caminhavam silenciosamente. Sara e Mateus, o leitor e a leitora, o velho e seus pensamentos, perceberam que o silêncio tem voz. A voz do silêncio. E aquela voz falou:

"Semelhante atrai semelhante".
Sempre ouvia o vovô falar.
Era constante a sua palavra,
fala mansa, querendo morrer.

Meu velho avô tinha uma bengala,
que ficava encostada na parede
do seu quarto de dormir.
Vovô, há muito tempo,
já tinha pensado em morrer.

E eu pensava:
quando vovô morrer,
vou querer de herança
a sua velha bengala.

Quantas vezes pensei que ele morria,
corria e pegava a bengala.
Além de tudo, tinha cabeçote talhado.

Vovô era esperto. E, por certo,
percebeu minhas secretas intenções.

Ele me chamou e me disse com ar de amigo:
Você é criança! Não precisa de bengala.

Um dia vovô morreu. A bengala desapareceu.

Hoje, adolescente, eu penso no meu avô.

Onde andará sua velha bengala?
Preciso dela, para caminhar.

Andar como meu avô andou.
E com suas palavras de amor
encheu-me de sabedoria!

Dava vontade de ficar em silêncio. O leitor e a leitora juraram que o autor iria colocar ali a figura daquele velho, andando com sua bengala. Seria um apelo e tanto! Com certeza, todos os leitores iriam chorar e todos os vovôs iriam às lojas apropriadas, a fim de comprar suas bengalas. O velho do escritório olhou em derredor, para ver se já tinha comprado a sua. Mas o autor não quis colocar a figura de um velho passando pela história. Afinal, o velho estava no início daquela jornada, quando Sara e Mateus passaram pelo Portal da Liberdade. Nossos adolescentes entenderam, de imediato, que se haviam encontrado com o velho sábio, que o velho sábio está em nós e não nas histórias que lemos.

Rosnava o velho gato
no sapato do seu Agenor.

– De certo é um rato,
sorrateiro roedor -
pensou o pai Agenor.

O homem vira de lado
e seu escudeiro fiel
sobe depressa na cama
e lambe seu rosto e mãos.

O sono é forte.

O miado, além, mais forte ainda,
acorda o nobre senhor.

– O que foi?
Quem me acorda no meio
do sono da madrugada?

– Sou eu, papai.
Ia pegar suas chaves.
É tarde e preciso ir.

– Ir para onde?
A cama não precisa de chaves!

– Vou para o repasto da noite.
A vigília é minha sorte,
quero perturbar a morte
e quero sorver a vida.

– Pois que vá.
Vá e me deixe dormir...

Do interior do primeiro palácio, começaram a sair os servos falidos. Eram pais que haviam descumprido as regras, deixando seus filhos ao relento, enquanto se acomodavam sob seus cobertores. Cobertores que não tapavam o frio e sim suas indolências, malquerenças e imprudências, que afetavam seus lares. Um terrível contraponto com a realidade: pais - adolescentes. Sara e Mateus entenderam, que um dia seriam pais. O leitor e a leitora olharam com atenção:

- É preciso se preparar para ser pai ou mãe.

- Enquanto os sons dos celulares ou dos teclados da internet marcarem o compasso das nossas vidas, nem é bom pensar em ter filho.

- Abortamos, então?

- Abortar? Isso é crime!

O leitor deixou a sala de leitura, desesperado. Guardava um segredo. Sua prima havia abortado e seus tios tinham sumido com ela. Houve uma infecção. A clínica era clandestina. Aliás, todas as clínicas que fazem aborto são clandestinas! A menina morreu. Tinha só treze anos. Os pais foram passear num sítio distante e a menina ficou sozinha. O namorado chegou. Os namorados sempre chegam e as namoradas, também. Namorar! O que é namorar? Houve um tempo em que namorar era conhecer, saber se a escolha estava certa. Hoje, namorar é transar. Como se transar fosse a maior das banalidades da vida, repasto de feras ou insetos. O leitor tinha se afastado, para chorar. A leitora não conhecia histórias de aborto, mas conhecia uma garota que havia ficado grávida e falava em cometer tal abuso, para se livrar daquele fardo. Um fardo que tinha sido fruto de um momento, que jurara ter sido de amor... Um fardo que é gente. Que, se nascer, vai crescer, andar e falar. Que vai, quem sabe, construir uma nação.

A visão daqueles pais, que deixavam o palácio, cabisbaixos, fez Sara e Mateus tremerem. O velho, no escritório, pensou seriamente em procurar aquela cabrocha do passado, para ver se havia nascido um rebento, com a intenção de ampará-lo. Seria homem, hoje, com certeza, mas um filho é sempre um filho...

- Quem pensa em abortar deve se colocar no lugar do feto - disse o velho com segurança. - Quem já abortou deve ajustar-se, pedir a Deus nova chance e preparar-se, convenientemente, para ela.

Um sino começou a tocar. O som provinha do outro palácio. Sara e Mateus correram em direção àquele som. O palácio se transformou, como por encanto, em um templo magnífico. Não era católico, budista, evangélico, espírita, nem tampouco uma mesquita. Era um templo convergente. Nele todos poderiam entrar. O Deus era o mesmo.

- Coisa linda!

Mateus assustou-se. Pela primeira vez, Sara fez-se pessoa normal e reagiu com a normalidade de alguém que se depara com algo que está muito acima, muito além, mas que ao mesmo tempo pode ser tocado, bastando, para isso, querer. Estavam diante da outra face do Pilares de Ouro. O primeiro palácio simbolizava a família. O segundo, Deus!

Na igrejinha do arraial,
mal o dia chegava,
todos, ajoelhados,
pediam bênçãos do céu.
José era menino diferente.

"Adolescente é assim mesmo!",
as velhas beatas comentavam.

José saía no meio das orações.
Corria feito lebre e
ganhava o morro mais alto.

Lá ficava por duas horas.
Depois descia, deitava na relva macia,
escrevia, escrevia sem parar.

Um dia José sumiu.
Isto aconteceu depois que ele tinha subido
seu velho monte das predileções.

Acharam depois seus escritos.
Neles, José escrevera:

Que pena! Você não percebeu
que o coração do adolescente
é só liberdade e procuras.

Então, o povo entendeu
Que, contrário ao que todos pensavam,
José não havia morrido

Fora apenas procurar
alguém que pudesse escutar
seu coração de arminho.

O auditório era muito bonito. Tinha assento para cem pessoas. Naquela manhã de domingo, algo extraordinário aconteceria ali. A doutora Tereza Sara Plínio Mateus iria proferir importante conferência. Todos os ingressos tinham sido distribuídos com bastante antecedência. Na hora aprazada, a plateia adentrou no salão, ávida pelos ensinamentos que seriam ministrados. A doutora, depois de devidamente apresentada por alguém de direito, tomou a palavra e disse confortavelmente:

- Nasce a criança. É tempo de brincar e de imprimir em sua alma os caracteres da família e do meio, onde se vive. Importante este tempo. Necessita de cuidados especiais. Não só do quarto bonito, das roupas elegantes, dos perfumes naturais, do pediatra, da alimentação balanceada... Necessita, principalmente, do meio. Aquele ser será, parte o que traz e, parte o reflexo que se aprende na infância.

"Um dia a infância termina. Começa outra fase. É o despertar. É o procurar. Se os pais foram felizes e prepararam seus filhos para esse momento, com certeza colherão os frutos de sua ótima sementeira. Do contrário, poderão amargar as folhas de urtiga. A adolescência é despertamento. Alguém que dormiu na infância, desperta agora para o mundo. E como irá encontrá-lo? Que prato irá saborear? Onde irá tirar suas dúvidas? Como irá construir-se? Existe num lugar que conheço, um local conhecido como Pilares de Ouro. Aceitam excursões. Para conhecê-lo, basta se inscrever. Fica feito o convite."

Pronto. A doutora deixou a tribuna, assentou-se numa mesa e aguardou aqueles que desejavam ir com ela.

- Loucura!

- Tirar a gente de casa, num domingo, para isto?

- Absurdo!

- Trabalhamos a semana inteira!

- Tenho mais o que fazer.

- A cozinha está me esperando.

- A Chica e o Bastião só acordam ao meio dia e já acordam pedindo pão! Comem feito leão, aqueles meninos! Tenho que ir pra casa fazer comida. Tenho tempo pra isso não!

- Hoje tem jogo. Preciso me concentrar no bar com os amigos.

- Xi! Minha caixa de mensagens deve estar cheia!

- Alô! Menina, que bom que você ligou! Não te conto nada. Sabe, ontem eu fui...

Na sala de leitura, o leitor e a leitora quase desanimaram da missão de adolescentes. No portal dos Pilares de Ouro, Sara e Mateus começaram a ouvir um papo de dois adolescentes, que comentavam um dia de suas vidas. Eles falavam:

Na nossa roda de amigos,
o assunto era religião.

– Eu não gosto de imposição.
– Na igreja, eu não vou não!
– Vou deixar pra depois.
– Deixa primeiro eu crescer.

Religião é, de fato,
um tema muito difícil.
Tem gente que se encobre:

– Deixa isso pra depois.
Ele é só um adolescente!

E vamos crescendo assim,
sem saber como agir.
Rezando, rezando
e passando, passando,
vai o tempo também.

O que é religião?
Vamos segui-la ou não?

Religião vem do latim:
quer dizer estar sempre ligado
com o Poder que nos criou.
Sendo gente, o adolescente,
é certo, que também é grande.
E sendo grande, necessita
ser ligado ao Criador.

Viram?
Religião também é um tema
próprio e atual para o adolescente.

Quando estamos próximos a um santuário, normalmente deixamos o profano do lado de fora. Engraçada essa história! No santuário, tornamo-nos santos e, ao sairmos dele, profanamos tudo aquilo que lá dentro aprendemos. Por que tem que ser assim? Se somos filhos de

Deus, somos também Seu santuário, templo de Sua morada. Parece difícil entender isto. É que o mundo todo ainda não compreende essa verdade. Embora vivamos num universo incrível, acreditamos estar fora dele. É certo que ainda não temos condições de entender essas realidades. Também, pudera, faz pouco tempo que éramos simples caçadores e coletores! Isso para não falar dos tempos em que em nós predominava a força dos instintos! A história do homem na Terra é ainda muito recente, a despeito dos grandes avanços que a humanidade tem realizado.

Na sala de leitura, os leitores puseram-se a conjecturar:

- Antes as casas eram as cavernas - disse um deles.

- Hoje são casas, apartamentos, mansões... - comentou o outro.

- Antes, comia-se com as mãos - um lembrou.

- Hoje com talheres - observou o outro.

- Antes, as noites eram iluminadas por lampiões - um dos jovens recordou.

- Hoje, pela eletricidade - foi a constatação final.

Naquele momento, o leitor e a leitora conversavam como duas crianças, analisando a história. Sim, o Poder Supremo criava um mundo cheio de possibilidades, dando-nos a chance de descobri-las. A princípio, éramos feios, uma versão melhorada dos gorilas. Hoje somos bonitos, inteligentes e nossas presenças enfeitam os salões de festas.

- Veja! Isso é a evolução!

- A confirmação de que Deus está sempre presente.

- Há, porém, pessoas que não entendem isso e que preferem mentir para si mesmas.

- Como no caso daquela menina que conhecemos no colégio. Era assim:

Falei para a minha mãe
que ia ao culto dos jovens.

Minha mãe chorou de emoção,
apertou a minha mão e
deu muitos beijos em mim.

Saí
– Fui! – disse a ela, ironizando.
Quando cheguei lá na rua,
entrei no carro do Fernando
e fomos zoar no boliche.

Lá ficamos. Desliguei o celular.
– Com ele tocando, não se pode orar!
Minha mãe concordou e pronto!
Eu tinha arranjado tudo.

Tarde, duas da manhã,
a polícia toda procurava por mim.
Minha mãe, atordoada, não sabia do meu paradeiro,
nem em que culto eu me encontrava.

Os policiais são sabidos.
Passaram um sabão em mim.

Menti para minha mãezinha:
– Depois do culto fui visitar um amigo!

Ela percebeu meu disfarce.
Mãe é mesmo puro amor.

Nove meses depois, ela se tornava avó.
E o culto?
Bem, o culto fica para depois.

Quando a ele eu for um dia,
hei de dar-lhe seu justo valor,
porque, agora, vou amamentar.
De menina, quase criança,
virei mamãe sem pensar.

Aquele caso tinha ficado famoso no colégio. Aquela mãe-menina havia se visto forçada a parar de estudar. Tinha que trabalhar para comprar roupas, remédios e alimento para seu filho, porque o 'coitado' do Fernando não 'podia' trabalhar. Sentia dores arranjadas e saía todas as noites para zoar. Quantos filhos ele tem? Nem mesmo ele é capaz de dizer!

– Por que tem que ser assim?
– Não tem que ser assim!

Enquanto isso, nos Pilares de Ouro, Sara e Mateus conversavam animadamente com uma senhora distinta, que os acolheu à porta do palácio do supremo amor.

- Entrem - convidou ela.

- Podemos? - perguntou a menina dos cabelos de ouro.

- Sim, minha filha. Este palácio é para todos - explicou a anfitriã.

- Mas ainda nada entendemos desses assuntos - o rapaz falou, timidamente.

- Pois, então, esta será uma ótima oportunidade para começar a entender - foi a resposta encorajadora daquela que recepcionava nossos adolescentes.

Os leitores torciam para que Sara e Mateus adentrassem naquele local. Estavam curiosos para saber como eram os templos, mencionados nas histórias que tinham ouvido contar. De sua parte, o velho, em seu escritório, já estava cansado de perambular de templo em templo, procurando abrigo. O leitor estava feliz e o editor, desesperado:

- Ah, meu Deus! Será que ele vai dizer de que religião é o templo? - ele falou.

Aquele era, de fato, um ponto delicado e bem problemático. Ecumenismo é uma palavra distinta e bela, mas fora de nossos templos pessoais. O autor pensava assim, de forma que criou, em sua história, um templo eclético, onde todos podiam orar. Só isso!

Ao adentrarem naquele local de oração, Sara e Mateus não encontraram nem imagens de santos, nem altares, nem bancos para se sentar, nem tribunas para se falar, nem mesas com cadeiras, nem nada. Ali não havia tapetes vermelhos, almofadas, alfaias, velas, incensos, frases nas paredes, lustres pendurados nos tetos, pinturas ou vitrais. Nada disso. O que ali encontraram foi, sim, uma alma quase penada, que contava ao Criador sua história pessoal e, arrependida, pedia desculpas. Nossos jovens viajantes penetraram naquele ambiente, onde uma coisa não faltava: paz. Naquele local havia o tipo de conforto, que só a paz é capaz de garantir.

- Este, sim, é um templo de verdade - comentou Sara.

- Onde o maior atrativo somos nós, perante o Criador - Mateus completou.

- Somos espelhos e imagens. Somos chamas e hinos. Somos luzes em profusão - Sara falou, tomada de emoção.

A alma quase penada, em processo de reabilitação, fixava-se, contrita, em determinado ponto do templo. Parecia ver, ali, sua própria imagem projetada. No templo de Pilares de Ouro, cada qual se projetava num canto, numa esquina, num detalhe. Ali era impossível usar de dissimulação. Ninguém conseguia mentir, para disfarçar uma situação indesejada. Cada qual se refletia, as almas se despiam e todos podiam se ver por dentro.

- Não sei se estaria pronto para ir a um lugar destes - o velho leitor comentou, em seu escritório, coçando a cabeça.

Enquanto o homem se questionava, o telefone tocou. Era a velha. Queria saber a que parque iriam e a qual pizzaria. O velho, acostumado a dar respostas curtas e grossas, balançou a cabeça e, pela primeira, vez ousou deixar-se contrariar:

- Meu bem, você escolhe os locais. O que você escolher estará bem para mim - ele disse.

Nem é preciso dizer que a velha teve novo desmaio! Achou que o seu velho estava ficando maluco, ou coisa parecida. Ao recuperar-se do desmaio, a mulher ligou para o filho mais moço e pediu-lhe que fosse até o escritório do pai, a fim de ver se estava tudo bem com ele. O filho ficou sem entender nada. Raramente lhe era permitido adentrar naquele escritório, uma vez que o pai não permitia que ninguém entrasse ali sem ser convidado, nem os filhos e muito menos a velha.

Mas deixemos que o filho decida se vai ou não atender ao pedido da mãe e voltemos ao templo-palácio, onde Mateus e Sara se encontram. Naquele momento, a alma quase penada resolveu abrir os lábios para dizer:

Quando criança, esperava a hora de dormir.
Ir para o quarto era um grande ritual.
Tudo igual todos os dias. Pijama trocado,
dentes escovados e mãos postas para rezar:

"Papai do Céu, eu pedia,
proteja meus paizinhos da Terra.
Acaba com a tristeza da guerra e traga paz a toda gente.
Proteja meus irmãozinhos
e que eu não ofenda ninguém. Amém".

Depois, cresci. Acho que aquele milagre
foi obra dos meus pedidos.
Um dia, eu e minha turma
achamos que era bobagem rezar:

– Isso é coisa de criança.
– Dessa fase já saímos há tempo, não lembram?
– Não sei bem o que tem essa tal de oração.

Parei de fazer minhas preces e comecei a ter pesadelos,
a cair de alturas tão grandes,
que acordava, aos gritos, na cama.

Hoje, estava sozinha no meu quarto.
Vesti o pijama, escovei meus dentes
e decidi voltar a orar.
O meu dia não foi bom.
O ano? Eu já perdi.
A namorada? Se foi.
Tenho dor de cabeça
e já fiz inimigos também.

Somente agora eu me lembro.
Existe você, meu Papai do céu.

De repente, aquela alma começou a se iluminar. Uma cachoeira de luz desabou sobre ela e, em meio a toda aquela claridade, surgiu a figura de um anjo protetor, que abraçou aquela alma jovem e convidou-a a passear por algum lugar, que Sara e Mateus ignoravam. É assim mesmo: o Pai do céu conversa com cada um em particular, através de seus enviados. A razão disso é que cada um necessita de informações diferentes e, portanto, não cabia, ali, ficar ouvindo os recados do céu para aquela alma aflita e desiludida, ainda que jovem.

Sara e Mateus decidiram separar-se temporariamente, indo, cada um deles, para um canto diferente daquele templo. Deveriam, cada qual a seu modo, buscar conversar com as forças do céu. Mateus mostrava-se contrito. Sara, um pouco mais à vontade. O fato é que a menina mais parecia uma santa em adoração, ao som da Ave-Maria.

Os leitores e o velho também se colocaram em prece. O editor, por sua vez, mandou que fechassem a porta de sua sala de trabalho e, fixando o quadro de um santo, pôs-se também a orar. Ao ver o que faziam suas personagens, o autor quase chorou e decidiu imitar o que elas faziam. Com aquelas criaturas em prece, luzes se multiplicavam. Afinal, isso é o que acontece quando se ora. Lembram-se daquela alma quase penada?

Findo o momento de oração, Sara pôs-se a caminhar lentamente em direção a Mateus, que olhava para algum lugar vazio do amplo salão. Ajoelhando-se ao lado do amigo, a garota abraçou-o com ternura. O que nosso rapaz experimentou naquele instante foi um conforto sem igual. Jamais sentira algo parecido.

- Você é meu anjo protetor - ele disse, emocionado quase às lágrimas.

- E você é minha alma perdida, que reencontrei e que me faz feliz - respondeu a menina.

Diversamente do que acontecera em outras ocasiões em que Sara se havia aproximado dele, Mateus não teve o ímpeto masculino de abraçá-la. Preferiu deixar-se embalar pela suavidade daquele instante e foi feliz. Tão infinitamente feliz quanto os pássaros e as águas puras, que brincam de caminhar nos leitos virgens das águas azuis.

Na sala de leitura, o leitor abraçou a leitora com delicadeza, permitindo que ela também experimentasse a alegria de ser abraçada com um sentimento isento de sensualidade. Ela se sentiu respeitada em seu santuário feminino e sentiu-se feliz que assim fosse. Os leitores, então, oraram juntos. Enquanto isso, o velho, em seu escritório, retirou da velha carteira ensebada uma foto da velha, ainda moça. Fitando-a, namorou com ela. Em seguida, tocou aquela foto como quem toca uma pétala de lótus. Beijando ternamente a imagem dos cabelos da esposa, ainda sedosos pelo viço da juventude, o homem retrocedeu no tempo.

Viu-se jovem, belo, sonhador e destemido. Então, tornando a fitar a imagem da moça, agora velha, disse com voz de rapaz:

- Está vendo só, querida? O tempo passou, mas ainda continuo um jovem sonhador. Sonho com você e amo você.

O quadro era lindo de se ver! Naquele instante, o filho mais moço, que entrava mansamente no escritório, presenciou a cena em que o pai, acariciando a foto da mãe, confessava-lhe eterno amor. O filho, então, aproximou-se do pai e recostou a cabeça contra seus joelhos. Em seguida, cuidou de ligar para sua mãezinha aflita:

- Acabei de chegar ao escritório - o rapaz disse à mãe. - O pai está mesmo maluco. Está louco de amor por você!

Dessa vez, a velha senhora não desmaiou. Tendo colocado no gancho o telefone, saiu para a rua. Apanhou um táxi e dirigiu-se ao escritório. Lá chegando, abraçou seu velho amor, amor que não se acaba com o tempo, mas que começa na juventude e se preserva. Enquanto isso, o filho tratou de ir, sem demora, à casa da namorada quase perdida. Lá chegando, pediu perdão à moça e viu-se logo abraçado, acariciado pelo amor. Nesse meio tempo, o editor chorou a ausência de seu amor, que havia partido mais cedo para a casa do Senhor. O autor, por sua vez, permaneceu firme na arte de escrever, ainda que lágrimas lhe corressem pelas faces.

- Não me posso envolver com minhas personagens - ele pensou. O fato é que também amava e muito.

Em Crescência, no salão do grande templo, a voz jovial de um rapaz de quinze anos se fez ouvir. Sara e Mateus apressaram-se em aproximar um microfone multifacetado, virtual, sem igual, dos lábios do recém-chegado. Este tipo de microfone existe somente no templo dos Pilares do Amor e, quando se fala por ele, todos ouvem. Assim sendo, os leitores, o velho, a velha, o filho, a namorada, o editor, a mãe do leitor, os filhos e netos do autor, todos, enfim, puderam ouvir a história emocionante e envolvente, que aquela voz narrava:

"Pai nosso que estás nos céus...".

E a prece se repetia
no templo que eu frequentava.
Muito, muito diferente!
Queria que tudo acabasse. Era chato.
Pensava em sair pela noite,
sentir o açoite do frio,
beber, comer, andar, sei lá...
"Santificado seja o Vosso Nome...".

A prece era demorada.
A minha namorada já devia ter saído.
Olhava pra toda gente e gritava:

– Pô, eu sou adolescente!
Me tira daqui. Não quero mais ficar!...

Meus pais oravam, contritos.
Somente poderia sair
depois de ir ao ofício.
Ao ofício religioso.

Cara! Eu já tinha dezesseis
e ainda estava na barra da saia de minha mãe!
Não tinha vez no meu mundo...

Um dia, naquele templo,
encontrei a Renatinha.
Um anjo feito menina,
que me fez encontrar meu caminho.

Entendi, então, o porquê de minhas idas ali
e as insistências dos meus pais.
Olhei para Deus e orei:
"Que assim seja! Para todo o sempre!"

Naquele momento, os casais se abraçaram ternamente. O amor angelical daquelas almas deu lugar ao amor hominal, à medida que se davam conta do fato de que se nutriam mutuamente, que se gostavam e se queriam. Não trocaram beijos, apenas olhares. Nenhuma mão tocou o corpo do outro, nem mesmo as do velho, tão acostumadas ao corpo da velha. Sorrisos iluminaram aqueles rostos e, pronto, a mesa estava posta e os convivas colocavam-se em torno dela.

- Tomai e bebei, todos - disse uma voz, que ecoou no recinto. - Este é o legítimo cálice do amor. O cálice da aliança. Do comprometimento.

Aquelas palavras, pronunciadas por uma voz que se ignorava de onde provinha, foram seguidas por suave melodia. Sara, contudo, desvendou o mistério:

- Essa é a voz da centelha divina que há dentro de cada um de nós - ela disse. - É através dessa centelha que Deus se comunica conosco. Essa centelha se há de expandir a tal ponto, que um dia poderemos ver nosso Pai, face a face.

- E somos apenas jovens! - a velha falou, enternecida.

- Quase crianças, ainda - murmurou a leitora, com emoção.

Inesperadamente, um barulho imenso se fez em Crescência, o que levou os leitores e os velhos a correrem até a praça. Lá encontraram um espectro de adolescente. Tratava-se de alguém sem identidade, que berrava, enlouquecido. Estava drogado e trazia na boca um cigarro e nas mãos uma garrafa de bebida alcoólica. A figura fazia pena, mas exigia atenção. Queria dizer alguma coisa. Em dado momento, sentou-se no chão e tirou do bolso um papel amassado. Apesar dos pesares, o momento era solene e a praça estava cheia.

– Acho que vai acontecer alguma coisa muito importante – aventou a leitora.

– Alguém chame o autor, pois ele precisa ver isto – falou o leitor.

– Melhor chamar os meninos – o velho pensou em voz alta.

– Que meninos? – a velha indagou.

– Sara e Mateus – o homem respondeu.

– Quem são Sara e Mateus? – a senhora quis saber, intrigada.

– São os filhos que todos queríamos ter. Adolescentes que todos podem ser – o velho disse, por fim.

– Quem são eles, pai? – o filho mais novo, que também ali estava, quis saber.

– Depois você lê a história – o pai sugeriu, uma vez que seria impossível responder à pergunta do jovem em poucas palavras.

E assim, enquanto as pessoas conversavam, a figura triste do adolescente, sentado na praça, conseguiu a custo retirar o papel amassado do bolso e colocá-lo sobre a grama. O papel trazia a estampa de um ser divino.

Depois de erguer-se num salto, o rapaz ingeriu um gole da bebida que trazia consigo e deu uma tragada no cigarro todo amassado, que lhe pendia do canto da boca. Após ensaiar alguns passos, cambaleante, ele fixou as pessoas que o observavam e disse, finalmente, com a voz característica dos embriagados:

– Religião? Que maluquice é essa?
Foi assim que passei meu tempo.

– Menino... Reze, aprenda!
Faça votos com o Senhor...

O patético adolescente pôs-se a rir e a contar suas peripécias de enganador:

Eu fingia que estava rezando.
Quando todos iam embora,
eu ria de suas palavras.

É verdade, que nunca importei
com as coisas que vêm de Deus.

Subitamente sério, o jovem dirigiu uma piscadela perigosa à leitora:

Deus? Quem é mesmo Deus?
Lá em casa tinha um quadro na parede.

O rapaz apontou para o papel amassado sobre o chão e prosseguiu:

E tinha essa figura, que aí está,
e que me dava medo de olhar.
Era como se a consciência dissesse:
– Menino, vá para o quarto e ore!

Depois de dar outros passos cambaleantes, o adolescente ingeriu um bom gole da bebida. Em seguida, fez um gesto para os presentes, pedindo-lhes que se achegassem mais, como se buscasse a cumplicidade deles. Então, deu sequência à sua narrativa:

Agora, das bandas de rock,
esportes radicais, meninas, moda,
filmes e festivais,
bocas de fumo, encontros casuais,
marginais, sedutores e prostituição,
isso, sim, eu tudo sabia
e aprendia com muito fervor.

Depois de gargalhar por alguns instantes, o rapaz pôs-se a caminhar, à semelhança de personagem perdida, diante de uma plateia atônita:

– Quem é mesmo Deus?
Perguntava e não respondia.
– Deus? Onde está Deus?

Num falsete horrível, ele disse em tom de deboche, na intenção de imitar alguém bem destrambelhado, de acordo com sua visão de covarde transgressor:

– Menino, então não sabe?
Deus está dentro de você!

O triste adolescente deu um pulo, ficou zangado e encarou a multidão. Em seguida, cuspiu longe a bebida que trazia na boca, limpou um pouco da baba que escorria e berrou, com jeito de valentão:

E agora, o que eu faço com Ele?
Não sei como senti-Lo...

Dito isso, o rapazinho deitou-se no chão e chorou. As pessoas choraram com ele. Foi então que uma bondosa senhora surgiu, vinda de um canto da praça. Caminhando até o jovem, ela ajudou-o a erguer-se e falou-lhe com carinho:

– Entendo que precisa ser definitivo
o casamento de Deus contigo,
adolescente sem rumo.

Em seguida, aquela mãe amparou o filho amado, que conduziu de volta ao lar. Ela sabia que Deus está em todos os corações. Se alguém imagina que Mateus e Sara ficaram alheios a tudo que se passava, enganou-se. Nossos viajantes dos bosques saíram do livro, da história, e para ali vieram. Encontravam-se, agora, na praça! Ao avistá-los, o leitor e a leitora correram em sua direção. Os jovens heróis de Crescência, contudo, desapareceram, de repente, para ressurgir nas páginas do livro que os leitores tinham avidamente lido. O velho aproveitou para mostrar as personagens à velha, enquanto o filho de ambos adquiria um exemplar daquela história, que não tardou a apresentar à namorada. Nesse meio tempo, o editor providenciou para que reeditassem a mensagem. Então, o autor chamou seus filhos e netos, e autografou, outra vez, um livro para cada um deles. Foi quando percebeu que era necessário dar tempo aos leitores, para que refletissem mais um pouco acerca de tudo o que tinham visto e ouvido. Encerrou o capítulo, visto que todas as lições dos Pilares do Amor já haviam sido transmitidas.

12. CRESCÊNCIA

A TARDE HAVIA CHEGADO e Sara e Mateus não podiam deixar seus pais preocupados. O momento do regresso, finalmente, chegara. Suas casas, seu aconchego, seus lares, suas escolas. Os viajantes dos bosques despediram-se na rua. Mateus caminhou, maduro, ao encontro de suas coisas. Sara, por sua vez, quase levitou por sobre as calçadas de esmeraldas de sua cidade. Quando a noite chegou, os dois adolescentes dormiram, sonharam e flutuaram pelos bosques de Crescência. A seus pés, a fina colcha de veludo fazia com que recordassem os caminhos percorridos. A colcha de Sara era lilás; a de Mateus, azul. Os corpos de ambos inundaram de amor suas camas e banharam seus quartos de paz. O rapaz pensou em ligar para a menina e ela, para ele.

– Boa noite, amor – Mateus teria dito.

– Boa noite, alma querida – a menina teria respondido.

A distribuição de bênçãos era farta. A separação momentânea transformava-se em esperanças para o dia seguinte. Para o novo encontro. Para a busca de outros bosques de Crescência.

– Sim, os bosques se multiplicam – o velho comentou, entusiasmado, ao chegar em casa com sua velha, após o passeio no parque e na pizzaria, conforme haviam programado.

– Acabamos de retornar de um deles – disse a velha, abraçada a seu amado.

O filho, enamorado, deixou em casa a feliz namorada, depois de terem ido ao cinema, ver o filme dos apaixonados.

- Somos apenas namorados - murmurara a moça, beijando o parceiro com suavidade.

O leitor e a leitora, por sua vez, não se conseguiam separar.

- Dorme aqui em casa - o garoto propôs.

- Não posso. Ainda nem tenho dezesseis anos - a menina lembrou.

- Você pode dormir no quarto de minha mãe, que permanece intacto, puro como as lembranças que eu guardo dela - o leitor sugeriu.

- Não posso...

- Fique, por favor. Não deixe que nosso dia termine em separação - o leitor insistiu.

Persuadida pela pureza daquele convite, a leitora ligou para casa. Seus pais, todavia, ali não se encontravam. Além disso, os celulares deles estavam desligados. Decerto, tinham ido rever seus próprios bosques, promessas da adolescência.

- Se quiser, pode ficar, minha querida - a voz da mãe do leitor, já desencarnada, fez-se ouvir, então, proveniente de algum lugar daqueles bosques. - Preparo-lhe uma cama e leite ou, se preferir, pode dormir no sofá. Eu tranco a porta do quarto de meu filho e nada acontecerá. - O espírito da mãe do leitor afastou-se, sorrindo, pois bem gostaria que algo acontecesse entre ele e a amiga. Afinal, a leitora enchia seus olhos de encantamento e bem poderia vir a ser sua nora.

É assim: nossos amores continuam cuidando de nós, mesmo após terem ido para os reinos dos céus!

- Mas eles são tão jovens ainda! - a tia do leitor pensou, enquanto aguardava a resposta da leitora.

- Façamos o seguinte - disse a garota, entusiasmada: - você vai comigo à minha casa e pedimos a autorização de meus pais. Se eles permitirem...

- Mas seus pais não estão em casa - o rapaz lembrou.

- Eu sei onde eles estão. Não demoram. Já devem estar chegando.

- E onde é que eles estão?

- Foram ver o filme dos apaixonados e depois foram lanchar - a leitora respondeu. - Vamos?

Os adolescentes saíram de mãos dadas. O leitor tentava imitar Mateus e nem acariciava as mãos da amiga. Ela, por sua vez, tentando parafrasear a história, disse-lhe ao ouvido:

- O contato de nossas mãos favorecem a circulação de energias saudáveis e salutares!

Enquanto caminhavam, os jovens iam-se recordando da narrativa dos bosques, cada qual falando acerca de um trecho, ou lembrando um fato. Uma coisa, porém, era inegável: estavam, ambos, apaixonados por Sara e Mateus.

- O que você faria se Mateus viesse à sua casa? - a leitora perguntou ao leitor.

- Pediria que ele me contasse, de novo, a história - o rapaz respondeu. - E se Sara fosse à sua?

- Aposto que teria muito a aprender com ela.

Assim, nossas promessas de uma vida feliz caminhavam por entre ruas e praças da cidade, onde os leitores moravam, e que bem poderia ser Crescência.

- Onde é que fica Crescência? - o leitor indagou.

- Acho que dentro de cada um de nós - a leitora arriscou.

- Penso que você entendeu a história - o garoto observou, sorrindo.

- Não. Ainda há muito para aprender daquele livro - a menina ponderou.

- Vamos falar com o diretor de teatro da escola. Quem sabe ele faz uma adaptação para o palco?

- Será que o autor vai autorizar?

- É. Tem que ver esse detalhe. Mas acredito que sim - o leitor refletiu. - Ele não deve ser um autor carrancudo. Deve ter muito amor pelos adolescentes.

- Com certeza - a leitora concordou, sorrindo. - Ele também foi adolescente um dia!

- Eu li a biografia dele. Tem filhos e netos.

- Já deve estar velho - a garota observou.

- Não há velhice, quando o coração é jovem - o leitor lembrou.

No dia seguinte, Sara esperou por Mateus à porta do colégio, onde estudava.

- Então, dormiu bem? - ela perguntou ao rapaz, assim que ele chegou.

- Não! - o rapaz respondeu, lacônico.

- Não?!...

- Não, Sara. Uma coisa me incomoda.

- E pode me dizer o que é?

- Você quer ser minha namorada? - ele indagou, decidido.

Subitamente, Crescência desapareceu. Em seu lugar, uma cidade comum surgiu. Mateus e Sara, agora adultos, assentados no banco do parque central, entreolharam-se e beijaram-se como eternos enamorados. Priscila, a neta pré-adolescente de ambos, aproximou-se a correr, rindo e chamando papai e mamãe, para ver aquela cena de amor entre os avós.

- O que tem isso de mais, Priscila? - a filha de Mateus e Sara perguntou à menina.

- Eles estão se beijando e são velhos! - respondeu ela.

- Ah, minha filha. Sempre os vi fazendo isso. Eles se amam. É só isso!

- Sara, conseguimos, enfim, decifrar a Lenda da Princesa Kanam - disse Mateus quando retornavam para casa.

Sara o olhou enamorada e confirmou:

- Sim, conseguimos.

- A Princesa Kanam reduziu a grão o monstro que infelicitava as pessoas. É o mesmo monstro que nos infelicita. É o monstro do ego inferior que habita a nossa casa de vilão. É o grande senhor que cria as máscaras que vimos no Vale Desnudo. As máscaras que utilizamos para enganar, mentir e deixar para depois nossas melhores realizações. A Princesa Kanam representa as luzes de uma nova era que, se nos deixarmos ser encantados por ela, transformaremos o monstro do ego inferior em nova semente donde surgirá o ego superior que necessita crescer em cada pessoa e vai fatalmente crescer, pois somos todos fadados à perfeição!

- Enquanto não vencermos nossos monstros internos eles nos exigirão sempre e sempre ações estranhas como fazia Kom. Ele se utilizava da sua prepotência, da sua presença assustadora, do medo das pessoas e fazia suas exigências aterrorizantes, tentando com isto firmar-se como grande, assim como fazem os que se julgam deuses. São pequenos esses deuses e habitam o Olimpo das próprias ilusões. Somente o Príncipe e a Princesa, devidamente paramentados com as luzes de uma nova era e que estão latentes em cada um de nós, podem fazer com que superemos nossos hábitos infelizes, derrotando Kom, para daí surgir a semente do amor, da justiça e da solidariedade, ínsitos no ego superior que todos conquistaremos. Então, enfim, penetraremos nossos santuários, templos sagrados, onde habita Deus, nosso Pai, pois que é esta a Sua divina vontade - refletiu Sara.

- Com honra, dignidade, conhecimento do amor, perspicácia, obediência, iluminação, ternura e objetivos no bem - completou Mateus.

- E Crescência se libertou de Kom. As luzes de um novo amanhecer vieram com a canção da Princesa Kanam. E foi a sublime canção do mais venturoso dos cantores deste mundo: Jesus de Nazareth - disse Sara entre lágrimas.

- Somente o ser completo pode entender isto - disse Mateus.

Os dois deram-se as mãos e se olharam profundamente, completando-se.

- Ele, Jesus, o condutor de todos nós, aguarda nosso dia de Kanam! - falou Mateus.

Um habitante do Lago Infinito, de repente surgiu e cantou:

A adolescência é mesmo assim.
Algo presente plasmando o futuro.
São Príncipes, são Princesas os adolescentes.
E depois, como serão?
Serão Kom, serão Kanam?
Eternamente enamorados
Ou submissos, infelizes,
Desconstruídos, incompletos
Pedindo pão?
Adolescência é novo tempo
Que surge, que passa, que
Fica determinando
Os passos que dou, darei.
Serei quem no futuro?

Uma orquestra sinfônica começou a tocar aberturas de grandes óperas e Sara e Mateus, abraçados agora, caminharam e caminharam e quanto mais caminhavam mais se queriam, se curtiam, se nutriam... O santuário de um se abriu para que o outro nele penetrasse em justa permuta. Tempos depois se preparavam de novo, para novo tempo de adolescentes!